남편은 도대체 왜 그럴까?

남편은 도대체 왜 그럴까?

구송이 지음

이 책은 철저히 저의 관점에서 작성되었습니다. 아마도 저의 남편은 이 책을 읽으며 조목조목 반박하고 싶을지도 모릅니다. 제가 오로지 제 관점에서 이 책을 쓴 이유는, 사람은 누구나 자신의 관점에서만 세상을 바라보기 때문입니다. 우리가 의식적으로 그 틀을 벗어나려 하지 않는다면, 영원히 자기 시각에만 갇힌 채 살아갈 수도 있을 것입니다. 하지만 한 걸음 물러나 자신의 관점을 내려놓고 다른 각도에서 대상을 바라볼 때, 우리는 더 많은 것을 보고, 느끼고, 이해할 수 있습니다. 이 책을 통해 여러분도 새로운 시각을 마주할 수 있기를 바랍니다. 그것이 나 자신이든, 아니면 또 다른 누군가의 세상이든 말입니다.

프롤로그: 결혼 지옥, 여기가 바로 지옥이구나

나는 간절한 꿈이 있었다.

다정한 노부부가 함께 행복한 여생을 보내고,
가족의 추억이 가득 담긴 집에서 평안히 눈을 감는 것.

티격태격하더라도 서로 예의를 지키고,
배려하고, 아껴주고, 이해하고, 사랑하며
알콩달콩 살아가는 것.

그 꿈같은 인생이, 내 인생에는 정녕 없다는 말인가?
내 인생은 이번 한 번 뿐인데, 이젠 돌이킬 수도 없는데.

비참하다. 잔인하다.
내 심장이 산산이 부서지는 듯하다.

그래도 나름 남을 도우며,
착한 마음을 가지고 잘 살아왔다고 생각했는데,
평범해 보이는 행복한 가정도 꿈꿀 수 없다니.

내가 아무리 좋은 관계를 위해 노력하면 뭐하나?
저 인간은 전혀 바뀔 생각이 없는데.
결국, 이혼이 답인가?
결코, 이대로 비참하게 살고 싶진 않다.

아니, 가만 보면 내 남편도 그리 나쁜 사람은 아니다.

분명히 나도 사랑받는다는 느낌을 받을 때가 있었고,
행복하다고 느낄 때가 있었다.

남편은 다정한 사람이다.
자신의 기분이 상하지 않은 상태라면.

연애시절, 같이 길을 걸으면
너무 내 얼굴만 바라보고 걸어서
저러다가 돌부리에 걸리진 않을까
걱정했던 때도 있었다.

부드럽게 나를 부르던 목소리가,
꿀이 뚝뚝 떨어지는 눈으로 나를 바라보던 모습이
아직도 생생하게 느껴지는 듯하다.

내가 잘생긴 연예인을 바라보는 것만으로도
질투가 난다고 말하는 사람이었고,

매일 입술을 모아 쭉 내밀며 내 뽀뽀를 기다리던,
쪽- 소리와 함께 함박웃음을 짓던,
사랑스럽고 따뜻한 사람이었다.

하지만 지금 남편은 변했다.

나를 이해해주지 않는다.
나를 공감해주지 않는다.
나를 배려해주지 않는다.

내 요구를 무시하고, 이기적으로 행동한다.
기분이 나쁘다. 자존심이 상한다.
정말 이혼이 정답일지도 모르겠다.

나는 아이가 둘이다.
사랑스러운 두 명의 내 딸.

내가 이혼하면 이 아이들은 어떻게 해야 한단 말인가?

남편은 절대 아이들을 포기하지 않겠다 한다.
나에게 무조건 양육비를 청구하기 위해
자신이 아이들을 모두 보겠다고 한다.

웃긴다. 네가 뭔 애를 돌볼 수 있다고?
자기 자신도 제대로 돌보지 못하면서
어떻게 딸 둘을 챙기겠다는 건지, 헛웃음이 나온다.

첫째는 그래도 착하고 순해서 다행인데,
둘째는 나를 닮아 말썽꾸러기다.
우리 남편은 둘째를 받아들이기 힘들어한다.
돌이 갓 넘은, 그 어린애도 한 시간씩 혼내던 남자다.

남편이 아이를 키우면 절대 안 된다.
아빠랑만 살게 될 아이들이 불쌍하다.

남편은 자존심도 엄청나게 세다.
아내에게 져주면 세상이 무너지는 줄 아는 사람이다.

무조건 아내 말이 옳다 해야 가정이 행복하다는데,
이 남자는 그런 말도 모르나 보다.

그래서 내가 이렇게 불행한가?
저 자존심 덩어리 남편을 만나서.

마음을 닫는다.
기대도 없다.
희망도 없다.

그저 형식적인 부부로 살아가는 게 현실인가?

사이좋아 보이는 저 부부들도,
다 각자의 속사정이 있겠지.

나만 불행한 건 아닐 거야.
나도 행복하고 싶다.

CONTENTS

제 2 장 그가 상처를 주는 이유

CONTENTS

제 3 장 내가 상처를 받는 이유

제 4 장 결혼, 지옥에서 천국으로

내 가슴 속에 언제 터질지 모르는
시한폭탄이 있는 것 같다.

남편과의 관계가 조마조마하다.
내가 이 남자를 다시 믿을 수 있을까?

이 사람과 다시 사랑하기에는
내 안에 상처가 너무 많다.

제 1 장

고통스러운 내 안의 상처들

모유 먹이기 싫다니까, 이혼하자고?

출산 후 당연히 나올 줄 알았던 모유.
하지만 모유량이 너무 적었다. 많아야 30mL.

짧은 유두 탓에 아기도 제대로 물 수 없었고,
피부가 얇아 유축할 때마다 찢어져 피가 났다.

간신히 노력해서 80mL까지 늘려 놨더니
유선염이 찾아와 유선이 막혔고,
다시 모유량은 30mL로 줄어들었다.

이 모든 과정을 겪어본 사람만이 알 것이다.
모유 수유는 너무너무너무 힘들다는 것을.

그런데도 꾸역꾸역 유축 해서 한 번에 30mL씩,
하루 3~4번 짜서 120mL를 모아 아기에게 먹였다.

애쓰게 모아서 먹인 모유를 아기가 다 게워낼 때는
너무 아까워서 눈물이 나기도 했다.

하지만 몸에 좋다는 모유를 쉽게 포기할 수는 없었다.
나는 그렇게 한 달 동안
'분유 + 유축 + 직수'의 미친 혼합수유를 이어갔다.

아기가 30일쯤 되었을 때, 모유수유 하는 게
너무 힘들어서 이제 그만 단유를 할까 고민이 되었다.

아기도 자주 먹어서 더 익숙한 분유를 원하고
모유를 거부하려고 하기에,
나는 단유 하기로 마음을 굳히고 남편에게 말했다.
"50일까지만 모유 먹이고 단유 하려고 해."

남편의 대답은 예상 밖이었다.
그의 입에서 나온 말은, 이혼 요구.
내가 모성애가 없다는 게 이유였다.

그날 밤이 아직도 생생하게 기억난다.

친정에서 몸조리를 시작한 지 2주째 되던 밤.

옆방에서는 우리 부모님이 코를 골며 주무시는 소리가
들렸고, 내 옆에는 난 지 30일 된 아기가 누워있었다.

남편은 단호한 목소리로 자신은 이혼 생각이 확실하며,
우리는 부부 상담 같은 것도 소용없을 거라고 했다.

나는 이렇게 허무하게 우리 관계를 끝낼 수는 없었다.

벼랑 끝에 몰린 심정으로, 자정부터 동이 틀 때까지
6시간 동안 남편을 설득해봤지만,
남편은 나에게 비난을 퍼부으며
끝끝내 이혼의 뜻을 굽히지 않았다.

결국, 나 혼자만 원한다고 가정을 끌어갈 수 없기에,
나는 참담한 심정으로 이혼 요구에 응했다.

그러자 남편은 말했다.
"그만큼 힘들었다는 거였어."

나를 끝끝내 굴복시키는 것이 그의 목적이었을까?

허무하게 끝나버린 그 밤은,
한동안 내 가슴에 사무쳤다.

그날 이후,
나는 남편의 호의가 불편해졌다.

사랑한다는 말도, 뽀뽀해주는 행동도,
모두 가식처럼 느껴졌다.

'언제 또 화가 나서 이혼하자고 할지 몰라.'
'저 모습에 속지 말자.'

매일 밤 스스로 수없이 다짐했다.

그리고, 코를 골며 자는 남편 옆에서,
나는 매일 눈물로 유축을 했다.

어느 날, 내가 흐느껴 우는 소리를 들었는지
남편이 부스스 잠에서 깨어 물었다.

"왜 그래?"

나는 눈물을 흘리며 말했다.
"당신이 나에게 아무리 친절하게 굴어도
언제 이혼하자고 말할지 몰라 불안해."

남편은 미안하다고 말하면서
눈물을 흘리고 있는 나를 잠시 나를 안아주더니,
다시 드르렁드르렁 코를 골며 잠들었다.

남편은 내 슬픔에 별로 개의치 않는 것 같다.

그날의 기억은 어느새
내 마음 속 가장 깊은 상처로 남았다.

그 상처는 시간이 지나도 결코 아물지 않았다.
나는 불쑥불쑥 올라오는 감정에게서
얼른 벗어나고 싶어졌다.

이젠 다시 남편과 행복해하고 싶은데,

풀리지 않는 그 감정이 내 발목을 잡는 것 같았다.

몇 개월이 지난 어느 날,
남편이 기분 좋을 때를 봐 두었다가 용기를 내어 말했다.

"여보, 내가 듣고 싶은 말이 있어. 내가 단유 하겠다고 했을
때 여보가 이혼하자고 했던 거, 그게 아직도 내 마음에 남아
있어서 이걸 벗어나고 싶어. 여보가 나에게 미안하다고 사
과해줬으면 좋겠어."

이제는 남편이 내 아픔을
보살펴줄 거라는 기대와는 달리,
그의 반응은 싸늘했다.

남편은 정색하며 말했다.
"난 분명히 사과했고, 내가 얼마나 힘들었으면 그랬겠어."

상처를 치료할 수 있을 줄 알았는데
도리어 벌어진 일이 되었다.

이제는 희망도 보이지 않는다.

왜 공감을 강요하냐고 말하는 남편

남편은 이상한 사람이다.
내 말에 공감을 안 해준다.

특히 내가 기분 나쁘다고 하면,
도리어 자신이 더 기분 나빠 한다.

나는 당최 그 인간을 이해할 수가 없다.

내가 이러저러해서 서운하다고 말하면,
내가 너의 감정을 무조건 다 받아줘야 하냐며,
왜 공감을 강요하냐고 한다.

그럼 정말 미칠 것 같다.
길길이 날뛰다가 차라리 어디 뛰어내려
죽고 싶은 생각마저 든다.

"서운했구나." 이 한마디가, 그렇게 힘들까?
나는 남편에게 그 한마디도 평생 듣지 못한 채로
이렇게 속이 곪아 터져 죽게 되는 걸까?

내 인생이 한스럽다.

내가 "나 뭘 해볼까?" 하면
그는 꼭 "굳이?" 또는 "안될 것 같은데?"라고 말한다.

남편의 그 말을 들으면 김이 확 빠지고
더 말하기도 싫어진다.

남편은 내가 그와 상반된 내 생각을 주장하면
"뭐, 너는 그럴 수 있지."라고 말만 하고,
진심으로 받아들여 주지는 않는다.

내가 착하게 말했을 때는 이정도로 끝나지만,
조금만 내 감정이 격해지면 상황은 더 심각해진다.

"네가 진리이고 정의야? 네 말이 진리이고 정의가 아닌데
내가 왜 따라야 해?"
"증거 있어? 논문이나 기사라도 보여주던가."
"네가 전문가가 아닌데 내가 왜 네 말을 들어야 해?"
"이 세상에 백 퍼센트 확실한 것은 없어. 그저 사람이 하는
주장일 뿐이야." 라고 말하기도 한다.

하지만 아이러니하게도,
자신의 의견을 주장할 때는 "백 퍼센트 확실하다"는 말을
자주 사용한다.

남편은 '일반적'이라는 말도 부정한다.

"일반적으로 이러한 일도 있지 않느냐"고 내가 물으면,
사람마다 다 경험하는 게 다른데
어떻게 '일반적'이라고 정의할 수 있냐며,
'일반적'이라는 건 없다고 하면서,

또 자신의 의견을 주장할 때에는
"일반적으로 이렇게 해야 하지 않아?"라고
본인이 부정한 그 잣대를 나에게 들이댄다.

내가 잘못을 지적하면,
너도 그러지 않았냐고 한다.

내가 안 그랬던 일은,
그럼 너는 완벽하냐고 한다.

내가 서운한 일이 있어서
"나에게 사과해"라고 하면,
자신도 과거에 내가 잘못한 일을 모조리 꺼내서
"네가 그 일을 사과하면 나도 사과할게." 라고 한다.

내가 싸우기 싫어서 먼저 사과를 하면
내 사과에 진심이 담겨 있지 않다며
다시 진심으로 사과하라고 한다.

나는 내 진심도 증명해야 한다.

내가 차분하게 내 상황을 설명하고,

진심으로 사과를 다시 하면,

그제서야 본인도

"네가 기분 나빴다면 미안해." 라고 사과한다.

그리고 꼭 끝에 "됐지?"를 덧붙인다.

내가 논쟁을 벌이다가

너무 화가 나서 화를 내면,

내가 화를 낸 순간,

그동안 이야기했던 모든 주장은

'화난 상태', 즉 '감정적으로 한 말'이 되므로

논리가 없고 신빙성이 떨어진 주장으로

순식간에 치부해 버린다.

나는 남편과 언쟁할 때마다

강렬한 살인 충동을 느낀다.

이 남자는 진심으로 나를 분노하게 만든다.

내가 죽을 것 같을 때 왜 방치했어?

나는 남편과의 싸움이 정말 싫다.

이젠 싸움이 생길 것 같으면,
질식할 것 같은 공포감마저 느낀다.

남편과 한번 말싸움이 시작되면,
갈등이 끝까지 치닫고
상황이 어느 정도 해결될 때까지는
절대 싸움이 끝나지 않는다.

내가 너무 지치고 힘들어서 감정을 좀 진정시키고,
조금만 있다가 다시 얘기하자고 요청해도,

내가 문제 해결을 회피하는 행동을 한다며
나를 절대 놔주지 않는다.

감정이 터져 죽을 것 같아
두 손으로 빌고 애원하며,
제발 좀 진정할 시간을 달라고 해도
그는 그저 차갑게 거절할 뿐이다.

나는 속수무책으로 그 시간을 견딘다.

피할 수도, 이길 수도 없는 싸움을,
마침내 내가 사과를 해야 끝나는 그 싸움을
짧게는 2시간, 길면 6시간을 견뎌야 한다.

우리의 싸움 패턴은 대개 비슷하다.

나는 내 의견을 말한다.
남편은 항상 내 반대편에 서서
극단적인 예시를 들어가며 내 의견을 부정한다.

나는 그 극단적인 예시는
내가 원하는 것이 아니라며 자신을 변호한다.

그렇다면 남편은 다시
내 의견에 반대되는 다른 의견을 말한다.

나는 또다시 나를 변호하고,
남편은 계속 나를 부정한다.

그 무한의 반복.

나는 그냥 내 의견을 말하는 것뿐인데,
갑자기 누군가는 맞고, 누군가는 틀리는
'토론대회'가 되어버린다.

남편은 항상 내 반대편에 선다.
나는 외롭고, 곧 서러워진다.

토론대회는 성황리에 막을 내리고,
내가 남편의 말에 실컷 얻어터져
너덜거리는 마음을 간신히 추스르고 서 있으면,

남편은 태연히 다가와서
좋은 싸움이었다며 악수를 청하고
미련 없다는 듯, 홀연히 떠나버린다.

그리고 편한 마음으로 쿨쿨 잠드는 남편을
난 그저 황망히 바라본다.

어느 날, 또 토론대회가 깊어질 무렵이었다.
이번엔 남편이 지고 있는 상황.
처음 있는 일이라 나는 약간 상기되어 있다.

또다시 나를 나쁜 사람으로 몰아가는 남편을
내 힘으로 멈출 수 있게 된 것이다.

내가 의견을 제시할 때마다 극단적인 상황을 대가며
나를 극단주의자로 몰아가는 남편에게,
나는 그렇지 않은 사람이라며,
나는 그런 의도가 아니라며,
스스로 변호에 성공하려는 순간!

내가 말실수를 해버렸다.
말의 토씨 하나가 틀려 버린 것이다.

남편은 그 기회를 절대 놓치지 않았다.

아, 이제까지 그런 의미였냐며,
그럼 내가 주장했던 모든 것이 틀린 것이라며
모든 것을 다시 원점으로 돌려놓았다.

이미 4시간이 훌쩍 지난 상황.
나는 너무 지쳤다.

이 상황이 영원히 끝나지 않을 것이라는
공포감에 사로잡힌 순간,
내 이성의 끈은 끊어지고 말았다.

손을 들어서 내 입을 치고,
내 뺨을 쳤다.

토씨 하나 틀린 나를 원망하며.

지옥의 탈출구 앞에서 악마에게 발목을 붙잡혀
다시 지옥 밑바닥으로 내려온 느낌이었다.

주먹으로 내 머리를 마구 쥐어박다가
테이블에 이마를 처박았다.

쾅 쾅 쾅

피멍이 들고 살갗이 터진다.

너를 죽일 수 없으니 나를 죽일 뿐이다.
나를 부정하는 너를 인정하느니,
그냥 내가 죽는 게 낫다.

내가 나를 죽이는 그 순간에도
남편은 그저 냉소를 띄며
우두커니 바라보기만 할 뿐,
아무런 행동을 하지 않는다.

이 남자는 내 아픔에 관심이 없다.
그저 이 싸움에서 승리하는 것이 목적이다.

내 고통의 몸부림을,

잠시 시간을 벌어보려는 수작이라고 치부하는 걸까?

하나의 신뢰가 또 끊어졌다.

내 고통에 함께할 거라는 믿음.

이 사람은 내 인생을 맡길만한 남자가 아니다.

남편은 내가 진정하길 가만히 기다렸다.

얼마나 시간이 흘렀을까.

마침내 내가 스스로 진정하자,

그는 다시 싸움을 이어갔다.

남편의 싸움은 아직 끝나지 않았다.

그냥 저 밖으로 뛰어내릴 걸 그랬나?

살기가 싫다.

부부상담, 함부로 하지 말아야 하는 이유

나는 남편과의 관계가 혼란스러웠다.
우리는 사이가 좋은 것도, 좋지 않은 것도 아니었다.

서로 애정표현은 사라진 지 오래고,
서로에 대한 의무만이 남았지만
또 마냥 냉랭한 관계는 아니었다.

그런 건 다 차치하고서라도 다시 싸울까 봐,
나는 그게 제일 힘들었다.

우리의 싸움의 강도는 점점 더 커져서
서로가 서로에게 소리를 지르고

울며 물건을 부수고 욕하고 비난하고
저주하는 단계에 이르렀다.

다음에 또 싸우게 된다면 정말 죽을 것 같았다.

남편을 내가 차마 죽일 수는 없으니,
남편 보란 듯이 창문으로 달려가 뛰어내리리라.

넌 내가 죽는다고 해도 말리지 않을 거지만
평생 그 순간을 자책하며
자신을 용서하지 말고 살길.

그래서 부부 상담을 요청했다.
살기 위해서. 살고 싶어서.

마침 코로나로 인한 재난지원금 덕분에
금전적인 부담도 없었다.

아마 돈이 들어간다고 했으면
그는 절대 가지 않았을 것이다.

나는 상담을 공부했었고,

또 상담을 통해 고민이 해결됐던 경험이 있어서,

이번에도 상담이 우리 부부를

좋은 방향으로 이끌어 주리라 기대했다.

하지만 남편은 달랐다.

남편은 부부 상담에 굉장히 회의적이었다.

효과가 없을 것이며, 시간 낭비일 것이라 여겼다.

그런데도 남편은 다행히 내 부탁을 들어줬고,

마침내 우리는 부부 상담 날짜를 정할 수 있었다.

나는 우리의 부부 상담을

내 친구가 근무하는 상담센터의 소장님께 맡겼다.

나는 친구가 있는 상담센터라 안심이 되었고,

그것이 부부 상담을 결정하는 계기가 되었지만

남편에게는 전혀 아니었다.

남편은 내 친구가 근무하는 곳이기 때문에

더욱 신뢰할 수 없었고,

이미 자신에 대해 안 좋은 인식이 있을 거라 여겼으며,
친구가 옆방에서 듣고 있을지 모른다고 불안해했다.

남편의 그러한 마음 상태는
상담사에게도 여실히 드러났다.

상담사가 "오늘 오시는 길 어떠셨어요?"라고 물으면,
남편은 "제가 그것을 꼭 말해야 하나요?"라고 말했다.

남편의 태도는 시종일관 공격적이었다.
그 자리에 앉아만 있었을 뿐,
마음을 열고 상담을 통해
부부 관계를 개선하려는 의지가 전혀 없었다.

남편은 나에게 말했다.
"네가 상담을 원하니 내가 맞춰준 것뿐이지,
나에게는 전혀 문제가 없어."

상담에 대한 남편의 적개심은
내가 상담사에게 모유 사건을 언급한 이후로 더 심해졌다.

남편은 급기야 부부싸움 때
이런 말들을 쏟아내기 시작했다.

내가 상담을 신청한 이유가
다른 사람에게 자신을 흉보기 위함이며,
공개적으로 자신을 망신시켜서
모유 사건에 대해 사과 받기 위함이었다고.
상담은 하나도 효과가 없으며,
너는 지금 시간 낭비를 하고 있다고.

이제 남편은 부부싸움을 할 때마다
상담에서 있었던 일들을 매번 언급했다.

"왜 또 이거 상담에서 말하게?"
"상담에서 약속한 건 하나도 안 지키네. 거봐 내 말이 맞지?
상담하는 거 하나도 소용없다니까."

나는 너무나도 후회가 됐다.
남편에게 또 하나의 책잡힐 거리를 만들었음을.

아, 내 손으로
내 무덤을 판 꼴이구나.

다시 올라올 수 없을 것만 같은
깊은 구렁텅이에 빠진 기분이었다.

매일 아내 몰래 야식 먹는 남편

남편과 연애하던 시절,
내 자취방에서의 일이다.

나는 화장실에서 샤워하고 있었는데
갑자기 딩동- 현관문 벨 소리가 들렸다.

'분명히 우리 외에 더 올 사람이 없는데, 누구지?'
나는 당황스러워 얼른 방에 있던 오빠를 불렀다.

오빠는 그 소리를 듣고 서둘러 나가더니
손에 치킨 한 봉지를 들고 나타났다.

그리고 하는 말,
"치킨 시켰는데, 먹을래?"

나는 더 당혹감에 빠졌다.
"응? 오빠가 치킨 시킨거라고?"

분명 나와 집에 함께 있을 때
주문을 했다는 말인데,
그때 미리 말해줄 수는 없었을까?

무슨 기숙사 룸메이트도 아니고,
같이 데이트하는 날 저녁을
혼자 결정해서 일방적으로 치킨을 시켰다는 게
도무지 이해가 되지 않았다.

나는 그에게 황당함을 표현하며
서운함을 내비쳤지만,
그는 내 서운함을 전혀 이해하지 못하고
되려 의아해하며 자신의 행동을 정당화했다.

그 후로도 치킨과의 전쟁은 계속되었다.

남편은 '매운 후라이드 치킨'을 정말 좋아하는데
내가 입덧 때문에 냄새가 역해
먹지 말아달라고 부탁해도
기어코 몰래 시켜 먹을 정도로 좋아한다.

입덧으로 인해 내가 구토감을 느끼는 것은
그의 관심 밖이었다.

그는 밤에 그 치킨을 나 몰래 혼자 먹는 일도 많았다.

내가 친구들 만나느라 늦게 오는 날이나,
나 없이 남편이 도맡아 아이들을 본 날에는
보상처럼 야식으로 꼭 그 치킨을 혼자 시켜 먹곤 했다.

어느 날은 내가 홀로 안방에서 아이들을 재우다
아이들과 같이 잠이 들어버렸는데,
눈을 떠보니 아직도 남편이 옆에 없는 게 아닌가?

혹시 집에 아직도 안 왔나 싶어
안방 밖으로 나가보니

남편이 다른 방에서 서둘러 나와
나에게 어깃어깃 걸어오고 있었다.

그는 나를 보며 말했다.
"일어났네? 내가 거실 좀 치우고 잘 테니 먼저 자. 피곤하겠
다."

나를 배려해주는 남편이 고마워서
"응…" 하고 들어가려는데,
갑자기 번뜩 스치는 생각.

'잠깐만, 남편이 이 시간에 들어와서 집을 치운 역사가 없는
데…?'

혹시나 하는 마음에 남편이 나왔던 방에
후다닥 들어가 보니, 역시나.
남편은 그 매운 후라이드 치킨을
또 몰래 혼자 먹고 있었다.

아니, 몰래 먹었던 건 둘째치고서라도
내가 일어났으면 같이 먹자고 하던가.

집 치운다고 거짓말해가면서까지
나를 안방으로 도로 돌려보낸 게
너무 황당하고 서운했다.

남편이 혼자 먹는 것은 비단 치킨 뿐만이 아니다.

남편은 매일 퇴근 후 편의점에 들르는데,
항상 본인 먹을 것만 사 온다.

간단한 편의점 음식 1인분, 소주 1병.

나도 술 마실 수 있는데,
나도 맥주 한잔하고 싶은데
꼭 본인 먹을 것만 사 온다.

남편에게 오면서 내 것 좀 사다 달라고 해도
다음날이면 깜빡하고
습관처럼 본인 먹을 것만 사 온다.

남편은 퇴근 후,

아이들 재우고 밤에 혼자 야식 먹는 그 2시간을
소중히 여기고 꼭 지킨다.

취미 없는 남편의 유일한 낙인가?

나는….
남편의 휴식처는 되어주지 못하는구나.

뒷맛이 씁쓸하다.

혼자가 행복한 사람을
내가 억지로 붙들고 사는 것 같아서.

남편은 도대체 왜 그럴까?

왜 자꾸만 나에게 상처를 줄까?

나는 남편을 더욱 알고싶었다.

남편을 알고 이해한다면

이 고통의 굴레를 끊을 수 있지 않을까 싶었다.

나는 그의 어린시절부터

파헤쳐 나가기 시작했다.

제 2 장

그가 상처를 주는 이유

그가 걸어온 길

남편은 어렸을 때 거의 혼자 지냈다.

남편은 남동생이 둘 있는데,
두 명의 동생들이 모두 축구를 하는 탓에
부모님이 항상 밤낮으로 바쁘셨다고 한다.

본인도 축구를 계속하고 싶었는데
두 쌍둥이 동생들이 갑자기
진지하게 축구선수를 하겠다고 하니
힘드실 부모님을 위해 차마 말하지 못하고
자신의 꿈은 속으로 삼켰다고 한다.

지금도, 자신이 다시 태어난다면
축구선수를 하고 싶다고 말하는 걸 보면
마음속에 꽤나 응어리진 꿈인 듯하다.

퇴근 후 친구분들과 저녁 늦게까지
시간을 보내셨던 아버지,
호프집을 운영하셔서 자정 넘게 들어오셨던 어머니.
훈련 때문에 어렸을 때부터 기숙사 생활을 했던 동생들.

아무도 없이 텅 빈 집에는,
항상 남편 홀로 있었다 한다.

배가 고프면 혼자 라면을 끓여 먹거나,
냉장고에 있는 반찬을 꺼내 스스로 밥을 차려 먹고,
혼자 방에 앉아 컴퓨터 게임하고,
심심하면 친구들 만나러 가고,
학교 갔다 오면 혼자 준비물 챙기고,
숙제도 스스로 하고.

초등학교 시절부터 성인이 될 때까지
옆에서 봐주는 이 없이

그렇게 홀로 지냈다고 한다.

누군가 차려주는 밥상이
소중하다는 것을 알아서일까?

남편의 현재 꿈은 한식 요리사이다.

다른 사람이 자신이 만든 음식을
맛있게 먹어주는 게,
그게 그렇게 좋다고 한다.

남편은 살아온 모든 것을 혼자 결정했다.

선생님과의 진로 상담에서 앞으로의 진로를 정할 때도,
대학교 원서를 넣을 때도,
의무 부사관을 하기로 결정할 때도,
심지어 매일 먹고 싶은 음식을 먹을 때 마저도.

남편은 살아오면서 거의 모든 선택을
오롯이 스스로 했다.

이제껏 그 누구의 조언이나
간섭도 없는 경우가 많았다.

남편은 그렇게 스스로 일군 인생에
꽤 자부심이 있었다.

이제까지 자신이 겪은 경험과 살아온 삶의 방식은
이 세상을 살아가는 것에 아무런 문제가 없었다.

오히려 남편을 더욱 단단한 사람으로
만들어주는 역할을 하기도 했다.

남편의 첫 연애 상대인,
나를 만나기 전까지는.

내 아이의 불안은 어디에서 왔을까?

첫째 아이는, 가끔 날 당황시키는 구석이 있었다.
아주 아기였을 때부터 얌전했던 우리 첫째는,
장난감에도 낯을 가리는 아이였다.

장난감을 사줘도 몇 개월 동안 만지지도 않다가
'자리만 차지하니 처분을 해야 하려나?'
할 때쯤 가지고 논다.

돌 지나고 이제 어느 정도 잘 걷기 시작할 무렵,
한 카페의 잔디밭에서 마음껏 뛰고 놀라고
잠시 내려놓은 적이 있었다.

너른 잔디 위를 강아지처럼 폴짝폴짝 뛰어다닐 거란
내 바람과는 완전 정반대로,
내 딸은 인상을 찡그리며 한 걸음도 떼지 않았다.
잔디의 푹신한 감각이 낯설었던 거다.

놀이터에서도 상황은 마찬가지다.
놀이기구에 모래가 너무 많거나,
벌레라도 붙어있거나, 바닥에 구멍이 송송 나 있으면
잔뜩 긴장한 채 얼어붙어 연신 도와달라며
엄마를 애타게 부른다.

4살인 지금에서나 바닷가의 모래밭에
겨우 발을 디딜 수 있게 됐는데
그 마저도 한 발자국, 한 발자국
힘겹게 겨우 발걸음을 옮기는 수준이다.

모래가 왜 무섭냐고 물으니
모래 속으로 발이 빨려 들어갈 것 같다고 한다.

수영장에서도 물이 자신의 무릎 아래에 있어야
안심하며 재미있게 놀고,

겨울에는 하늘에서 눈이 내려서
자신의 몸에 묻는 것도 싫어하며,
장갑에 눈이 묻을까 찜찜해 만지지도 못한다.

오랜만에 놀러 온 이모가
첫째를 꼭 안고 품속에 두고 있었는데,
"내려달라", "싫다" 소리를 못 해서
그저 눈물만 뚝뚝 흘리고 있던 적도 있었다.

티셔츠를 입다가 조금만 얼굴을 가려도
질식할까 봐 난리가 나고,
음식을 항상 작게 잘라주는데도
고기의 힘줄이나 비계 같은 부분이 씹혀
조금이라도 목에 잘 넘어가지 않으면,
바로 못 먹겠다고 하면서 뱉어 낸다.

나는 첫째 딸이 왜 이런 것도 못 먹는지
너무 답답하기도 하고, 또 걱정되는 마음에
도대체 왜 그러는 거냐고 딸에게 물어보았다.

딸은 자신이 음식을 삼키다가 목에 걸리면

목이 막혀 죽을 것 같은 기분이 든다고 했다.

죽음에 대한 공포. 불안.

우리 딸은 날 때부터
죽음에 대한 공포를 느끼고 살았던 거다.

죽음이 항상 가까이 와 있는 것 같은 삶이라니.

내가 이 아이를 완전히 이해할 순 없지만,
죽음에 대한 공포라면,
태생적으로 불안 수준이 높게 타고나
매 순간 죽음을 걱정할 정도로 불안했던 거라면,
아이의 지난 행동들이 이해되지 못할 게 없었다.

내 아이의 불안은 어디서 왔을까?
나에게 이런 불안이 있었나?
남편에게 이런 불안이 있었나?

또 다른 의문점이었다.

그러던 어느 날 SNS에서 이런 글귀를 발견했다.

부정적인 사람은 걱정이 많은 사람이다

이 글을 보자마자 부정의 대명사 격인 남편이 생각났다.
내가 뭘 하자고 하면,
굳이? 갑자기? 안될 것 같은데?
못할 것 같은데? 하던 남편.

부정적인 사람이라고만 생각해 왔지,
걱정, 불안이 많은 사람이라고는 생각하지 못했다.

나는 확인해 보기 위해 남편에게 직접적으로 물어봤다.
"여보는 여보가 불안이 많은 편인 것 같아, 적은 편인 것 같
아?"

내가 뭘 물어보면 항상 반대로만 말하는 남편이라
당연히 무슨 불안이냐며 큰소리 떵떵 칠 줄 알았다.

그런데 남편이 하는 말,
"굳이 따지자면, 높은 쪽이겠지?"

남편의 그 말로 인해 그동안 딸의 행동과
남편의 행동이 겹치면서 많은 것을 느낄 수 있었다.

남편의 부정은 불안에서 온 것이었구나.
내가 싫어서, 혹은 나를 화 나게 하려고
그런 것이 아니었구나.
그동안 남편에게 품어왔던 많은 의문이 이해되었다.

높은 불안 수준을 가진 남편.
그건 남편이 선택한 게 아니고 남편이 잘못한 게 아니다.

나는 사람이 날 때부터 타고난 것은
이해 받아야 한다고 생각한다.

나는 그 이후로,
남편을 조금씩 이해하기 시작했다.
아니 이해가 되기 시작했다.

지나치게 독립적인 사람, 회피형 불안정 애착

어느 날 TV에서
어떤 연예인이 상담하는 내용이 방영되었다.

어린 시절 자신을 자식처럼 키워주셨던
할머니가 돌아가셔서 슬픔에 빠져 있는데도,
같이 일하고 생활하는 동료들에게
굳이 부정적인 감정을 공유하고 싶지 않아
할머니의 부고 사실을 숨기고 있는 경우였다.

상담사는 오랫동안 함께 시간을 보내는 사이에
너무 속 얘기를 하지 않는 것도 문제가 있다고 말했다.

상담사는 그 연예인이 어린 시절
부모님과의 심리적 거리감으로 인해
애착 형성이 온전히 이루어지지 않았고,
불안정 애착 중 '무시형(회피형) 불안정 애착'이
형성된 것으로 보인다고 판단했다.

나는 그 이야기가 무척 흥미로웠다.
독립성을 강조하며
나에게 감정을 전가시키지 말라고 요구하던
남편의 모습이 생각이 났다.

나는 회피형이 무엇인지 조금 더 알고 싶었다.

보통 '회피형'이라고 흔히 불리는,
이 유형의 특징은 이렇다.

- 혼자 있는 게 편함
- 책임이나 속박을 싫어함
- 관계에 구속당하는 것이 싫음
- 상처받는 일에 상당히 민감함
- 새로운 일에 도전하는 것을 피함
- 다른 사람을 의지하는 게 불편함
- 남들에게 속마음을 잘 드러내지 않음
- 결혼이나 아이를 갖는 일에 적극적이지 않음
- 새로운 사람을 만날 때 기대감보다 불편함이 더 큼
- 안 친한 사람을 만나는 건 시간 낭비라고 생각함

(출처: 비주얼다이브)

나는 이 유형의 특징을 보고 적잖이 놀랐다.
그냥 완전히 우리 남편의 이야기가 아닌가!

그리고 나도 어느 정도 이러한 성향이 있기에
쉽게 간과할 수 없는 부분이었다.

그리고 남편의 어린 시절을 떠올려보면
감정적인 교류 없이 혼자 지냈던 시간이 많아
충분히, 그럴 수 있겠다는 생각이 들었다.

그동안 나와 지내면서
자신이 심리적으로 압박감을 느끼면
이별을 암시하는 이야기를 했던 것,

낯선 사람들과 관계를 형성하는 것을
부담스러워하는 것,

본인이 공격받았다고 생각하면 그냥 넘어가지 못하고
예민하게 대응하던 순간들이 떠올랐다.

내가 뭘 하자고 하면 항상
"잘 될 수 있을까?" 하며 걱정하던 모습,

첫 아이를 가졌을 때 너무나도 혼란스러워하던 모습,

자신은 아직 아빠가 될 준비가 되지 않았다고
고백하던 모습,

갑작스럽게 책임져야 하는 상황에 힘들어하던 모습들이
왜 그랬는지 이해가 되기 시작했다.

슬프게도, 이미 형성된 애착 유형은
자신의 자식에게도 영향을 미친다고 한다.

부모의 불안정 애착으로 인해
자식을 온전히 사랑해줄 수 없으니
온전한 사랑을 받지 못한 자식이
불안정 애착으로 형성되는 것이다.

나는 부모로서 내 자식에게
뭐든지 좋은 것을 주고 싶은 마음뿐인데,
본의 아니게 평생 짊어지고 살아가야 하는
불안정 애착을 물려줄 수도 있다고 생각하니
마음이 씁쓸하고 조바심이 났다.

나는 애착 유형에 대해 더욱 알아보았다.
인터넷을 뒤져보며 이 유형에 대해서
파헤치기 시작했다.

회피형 유형의 사람들은
자기 자신은 긍정적으로 생각하지만
다른 사람은 잘 신뢰하지 않는 모습을 보인다.

자신의 감정을 온전히 나누었을 때
긍정적인 반응을 받은 경험이 별로 없어서
감정을 숨기는 법을 일찍부터 배웠다고 한다.

그래서 어떠한 일이 생겼을 때
감정적인 반응을 하기보다는
해결 위주로 사고를 한다고 한다.

자신의 감정이나 타인의 감정을
수용하지 않으려는 모습을 보이고,
감정을 대면해야 할 상황을 거부한다고 한다.

자신이 독립적인 사람이라는 것에 대해
자부심을 느끼고,
다른 이에게 피해를 주지 않아야 한다는 생각을 하며,
타인에게, 혹은 가까운 사람일지라도
도움을 받는 행위를 부담스러워한다.

큰일 났다. 정말 큰일 났다.
나도 회피형이었다.
남편과 나는 모두 회피형이었다.

그래서 그토록 싸웠나 보다.

자신은 긍정하고 타인은 부정하는,
나는 옳고 너는 그르다고 말하는 사람들이라서.

우리는 서로에게 신뢰가 없는,
빈 껍데기 관계였던 것이다.

내 남편이 나르시시스트라고?

내가 다른 사람에게 남편 이야기를 하다 보면
종종 이런 이야기를 듣는다.

"네 남편 나르시시스트 같아."
"너 남편에게 가스라이팅 당하고 있는 것 같아."

나르시시스트란,
'자기애성 성격 특성이 있는 사람'을 뜻한다.
즉, 나르시시스트는 자기 자신을 과도하게 사랑하고
중요하다고 여기는 사람이다.

이들은 타인의 감정이나 필요보다
자신의 욕구와 욕망을 우선시한다.

늘 칭찬과 주목을 받고 싶어 하며,
비판에는 민감하게 반응한다.

겉으로는 자신감이 넘쳐 보이지만,
내면에는 불안정한 자아를 가지고 있는 경우가 많다.

내 남편이 나르시시스트라고 판단되는 이유는
아마 남편의 이러한 특성 때문인 것 같다.

- 비판과 거절에 매우 민감함
- 건설적인 피드백도 인신공격이라 여김
- 공감 능력 부족
- 상대의 정서를 수용을 거부함
- 관계를 단절시키는 말로 상대방의 행동을 통제하려고 함
  (사람들이 '가스라이팅'이라고 하는 이유)

하지만 남편에게 나르시시스트라는 딱지를 붙이기에는
확연히 그와 반대되는 특성이 있다.

남편은 그 누구에게도
자신을 인정해달라 요구하지 않는다.

심지어 부당한 일을 당하더라도,
자신이 잘못된 행동을 했다고 인정되는 부분이 있으면
자신의 억울함을 끝까지 알리지 않고
묵묵히 상대방에게 용서를 청하는 사람이다.

남편은 사람을 도구로 이용하지 않는다.

항상 다른 사람을 배려하고,
불편한 것이 있는지 먼저 살피는 사람이다.

남편은 나와 같이 밥을 먹을 때,
내가 좋아하는 반찬이 있으면
내가 충분히 먹을 수 있게
자신의 젓가락을 다른 곳으로 돌린다.

길을 걷다 가도 내가 뒤처지면
곧바로 길을 멈춰 나를 기다려준다.

내가 기분이 안 좋아 보이면
무슨 일 있는지 항상 물어봐 주고,

살집이 있는 나에게 단 한 번도
체형에 대해 언급한 적이 없으며,
항상 나에게 예쁘다, 귀엽다고 말해준다.

내가 집안일을 소홀히 해서
집이 더럽고 설거지거리가 쌓여 있어도
"집안이 더럽다" 라는 둥,
불평 섞인 말을 한 적이 단 한번도 없고,
집안일과 관련된 부분에서 나에게 눈치 준 적도 없다.

퇴근하고 집에 도착하면
항상 최선을 다해 아이들을 놀아주고
내가 하지 않은 집 청소도 대신 해주고,
본인이 할 수 있는 최선을 다해준다.

직장에서 하루 종일 있었던 일을
나에게 도란도란 들려주고,
나는 오늘 별 일 없었는지 물어봐주는

다정하고 따뜻한 사람이다.

남편과 갈등을 일어나는 주요 일들은
내 감정을 알아주지 않아서,
내 요구를 받아주지 않아서,
내 이상을 실현해주지 않아서인 경우가
대부분이었는 것을
나는 너무 늦게 알았다.

내 남편은 나르시시스트가 아니다.
그저 융통성이 많지 않은,
우직한 남자일 뿐이다.

이 글은 혹시나,
사람들의 말에 자신을 의심하고 있을 남편에게
당신은 충분히 훌륭하고, 멋진 사람이라고
항상 당신에게 고맙게 생각하고 있다고
말해주기 위해 남긴다.

모유 사건, 그 이후의 이야기

모유 사건 이후로 몇 년의 시간이 흐른 후,
현재 남편과 사이가 좋으니
나는 다시 모유 사건 이야기를 꺼내 볼까 싶었다.

남편의 반응이 궁금하기도 하고,
운이 좋으면 그때 받았던 상처에 대한 사과를 받고
응어리진 마음을 풀 수 있지 않을까 싶기도 했다.

하지만 남편은 그 얘기가 나오자마자
표정이 급격히 어두워졌다.

순간 긴장감이 돌았지만, 멈추지 않고 남편에게 말했다.

"만약 오빠가 지금 이 상태에서 그때로 다시 돌아가게 된다면 그때도 똑같이 이혼하자고 말할 것 같아?"

남편은 말했다.

"무슨 대답이 듣고 싶은 거야?"

상황이 좋지 않다.

내가 원한 건,

"아니." 단 한마디였는데.

나는 오늘 그 말을 들을 수 없을 것이란 확신이 들었다.

"오빠의 솔직한 마음을 듣고 싶어."

나의 대답에 남편이 말했다.

"난 지금도 변하지 않아. 그때로 똑같이 돌아가도 네가 그때처럼 똑같이 나에게 말한다면, 나도 너에게 똑같이 말할 거야."

첫째 출산 한 달 전,
남편이 갑자기 가슴 마사지를 해주겠다고 했다.
가슴 마사지가 모유에 좋다는 얘기를 들었다면서.

한식 요리사를 꿈꾸는 남편이라 주방에서 일하는데
주방 이모님들이 남편에게
가슴 마사지를 해주라고 그러셨나 보다.

남편은 그 말을 듣고 매일매일 출산 때까지
빠짐없이 수건을 두 장 가져와서
따뜻한 물에 적셔놓고 식지 않게 번갈아 가며
지극 정성으로 나를 마사지해줬다.

내가 출산을 하고 난 후에도, 젖이 잘 돌 수 있도록
매일 똑같은 방식으로 가슴 마사지를 해주었다.

나중에 알고 보니
같이 일하던 이모님 한 분이 그러셨다고 한다.

분유를 먹으면 아기 머리가 멍청해지니까
'모유'가 중요하다고.
그래서 꼭 가슴 마사지해 주라고.

남편은 같이 일하는 이모님들에게서
출산 시 남편이 할 일과,
아빠로서 해야 할 일들에 대한 조언을 들었으니,
이모님들의 말에 큰 의심 없이
당연히 그러하리라 생각했을 것이다.

그런 와중에 내가 단유를 하고 분유를 먹인다고 하니
분유에 대해 부정적이었던
그 이모님의 말이 떠올랐던 것이다.

남편은 자신의 아이가 엄마의 사정으로
모유를 중단 당할 것 같은 불안한 상황에서,
생각이 더 극단적으로 변해
자신의 아이가 진짜 멍청해질까 봐
너무 걱정되었던 것 같다.

남편은 내가 자식을 생각하는 마음으로

당연히 모유 수유를 계속할 거라 믿었다.

그래서 본인도 매일 내 가슴을 마사지해 주고,
어머님이 주신 돼지 족 우린 물 데워주며
자신이 할 수 있는 선에서 최선을 다했던 것이다.

하지만 내가 엄마로서 할 수 있는
최고의 선택지를 버리고
'내 몸이 힘들다는 이유' 하나만으로
단유를 하겠다는 게
자신의 입장에서는 이해가 안 됐을 것이다.

자신은 아빠라는 책임감으로,
자기의 힘듦은 돌보지 않고
매일 몸이 부서져라 일하는 사람인지라,
'아기를 낳은 엄마'라는 사람이
'내 몸이 힘들다는 이유'로 단유를 선택한다는 게
도무지 이해가 되지 않았던 것 같다.

게다가 남편은 나에게
단유에 대한 이야기를 방금 들어서

아직 마음의 준비가 안 됐는데,

내가 너무 타협할 여지도 주지 않고

50일 이후로는 단유 하겠다고 하니

그러한 상황이 자신에게 폭력적으로 느껴졌을 것이다.

본인이 아무것도 할 수 없다는 것에 대한

좌절감도 느꼈겠지만,

자신을 헤아려주지 않는 나의 모습에서

앞으로도 자신의 삶이 내 뜻대로 휘둘려질 것이라는

불안감도 느꼈던 것 같다.

남편은 그 당시,

차라리 자기 몸에서 모유가 나왔으면 좋겠다고

절망하며 울부짖기도 했다.

자신의 소중한 첫 아이에게

최고의 것을 주고 싶었는데,

내 선택으로 인해 좌절되어

본인은 아무것도 할 수 없다는 무력감.

그게 남편은 죽을 만큼 힘들었던 것이다.

남편은 그날 내 단유 선언에 어쩔 수 없이
자신이 포기하고 나의 의견을 따르기로 했지만,
그 후 3일을 시름시름 앓았다.

남편이 시름하는 그 3일 동안,
내 모성애에 대한 의심은 걷잡을 수 없이 커졌고
자신의 의지와는 상관없이 마음대로 휘둘러진 상황에
나에 대한 모든 신뢰가 무너져
죽을 것 같이 힘들었다고 한다.

그리고 자신이 죽는 것보다는
차라리 이혼이 나을 것이라는 생각에
그날 밤, 나에게 이혼을 요구했던 것이다.

"난 지금도 변하지 않아. 그때로 똑같이 돌아가도 네가 그때처럼 똑같이 나에게 말한다면, 나도 너에게 똑같이 말할 거야."

남편은 내 말을 듣고 직감적으로 느꼈을 것이다.
내가 자신에게 사과를 요구하고 있음을.

남편은 나의 요구가 자신의 처지를 고려하지 않은
부당한 요구처럼 느껴졌을 것이다.

그날의 상처도 다 아물어지지 않은 상태에서
자신에게 사과를 요구하다니.
자신에 대한 공격과 비난으로 느끼기도 했을 것이다.

하지만 남편은 자신이 느끼고 있는 그러한 감정을
이야기하는 방법을 잘 알지 못했다.

그저 공격적인 방식으로 자신의 정당성을 주장하며
자신 스스로 방어할 뿐이었다.

하지만 나도 남편의 대답에 감정이 매우 상했다.

그리고 당시에 남편의 마음을 전혀 알지도 못했다.

처음 내 질문,

"만약 오빠가 지금 이 상태에서 그때로 다시 돌아가게 된다
면 그때도 똑같이 이혼하자고 말할 것 같아?" 라는 말은,

서로 아직 해소하지 못했던

그 '모유사건이 일어났던 날'의 감정에 도화선이 되었고,

우리는 서로 묵혀두었던 각자의 감정이 폭발하여

다시금 그 지리한 싸움을 한동안 이어가게 되었다.

나는 이혼의 상처를 회복하고

남편과의 신뢰를 쌓고 싶었는데,

남편은 내가 변하지 않으면 똑같을 것이라고 한다.

내가 변하지 않는다면

자신은 똑같이 나에게 상처를 주겠다는 건가?

'아, 이 사람은 내 허물을 덮어주지 않을 사람이구나.'

'자신이 힘든 일이 닥치면 나를 버릴 사람이구나.'

이런 생각이 들면서
그간의 신뢰와 안정감이 무너지는 기분이 들었다.

남편은 한번 싸움이 시작되면
계속 공격과 방어 자세를 이어간다.

나는 이미 시작된 이 싸움이
길어질 것이라는 걸 직감했다.

나도 점점 마음이 닫혀 간다.
오늘 이 남자와 끝장을 보리라.

그때, 자고 있던 딸이 잠에서 깨어 안방으로 찾아왔고
우리는 서둘러 싸움을 멈췄다.

싸움은 멈췄지만, 아직 부정적인 감정이 남아 있어
도저히 남편을 보고 싶지 않았던 나는
딸 방에서 잔다며 말하고 도망치듯 안방을 나왔다.

나는 혼자 긴 밤을 뒤척이며
밤새 깊은 생각에 빠졌다.

다음 날 아침, 아이들을 등원시킨 후에
나는 먼저 남편에게 대화를 요청했다.

우리에게는 아직 풀어야 할 숙제가 남았기 때문이다.

나는 긴 밤을 지새우며 마음속에 되뇌었던 말을
차분히 남편에게 꺼내 놓았다.

"어제 나는 오빠에게, 우리가 앞으로 어떤 힘든 일이 있더라
도 이혼하자는 말은 절대 하지 말고 대화로 잘 풀면서 잘 살
아보자는, 그 말을 하고 싶었어.

그런데 오빠가 과거로 가도 똑같이 이혼을 말할 거라고 하
니까 그동안 우리가 했던 노력들이 무의미하게 느껴졌어.

솔직히 나는, 그때의 과거로 되돌아간다고 해도 모유 수유
를 중단했을 것 같아.

하지만 그 당시에 단유 하겠다고 오빠에게 말하러 갔을 때
나는 사실 속으로 '오빠가 나에게 무슨 말을 하더라도 반드

시 단유 해야지.'라고 생각 했었어.

내가 지금 만약 그때로 되돌아간다면 그렇게 말하지 않고 오빠의 의견을 좀 더 들어봤을 것 같아.

내가 그런 식으로 타협 없는 태도로 말했던 것은 미안해.

그렇지만 오빠가 나에게 모유 수유에 대해 최선을 다하지 않았다고 말하는 것은, 내 고통과 노력을 무시하는 것 같아서 기분 나빠.

내가 오빠에게 감히 최선을 다하지 않았다고 말할 수 없듯, 오빠도 내가 아닌데, 내가 아이에게 최선을 다하지 않았다고 함부로 말할 수 없다고 생각해.

오빠 말대로 내가 '모유'에 100% 최선을 다하지 않은 건 맞아.

나는 내 몸도 추슬러야 했었고, 아이도 돌봐야 했었기 때문에 내가 쓸 수 있는 에너지의 한계가 있었고, 내 판단에 아이를 위한 최선의 방향으로 단유를 선택했던 거야.

그리고 나는 내심, 분유에 대한 로망이 있었어.

우리 엄마는 돈이 없어서 우리 넷 모두 모유 수유를 했다고 했는데, 그래서 분유가 마치 부의 상징처럼 느껴졌던 것 같아.

나는 가끔, 분유를 타서 젖병에 담고 아이에게 먹이는 내 모습을 상상하기도 했어.

그렇기 때문에 나는 분유를 선택하기가 더 쉬웠던 것 같아.

나는 오빠와의 이 일이 내 마음에 상처가 돼서, 이 상처로 인해 자꾸 오빠를 불신하게 되니까, 이제는 오빠와 신뢰를 쌓고 싶어서 이 일을 풀어내고 싶었는데,

오빠가 이 일을, 자신도 상처라고 말하면서 덮어두고 말하려고 하지 않으니까, 나는 '이 사람은 나와 신뢰를 쌓고 싶지 않고 불신의 마음을 남겨두려 하는구나.' 하는 그런 서운한 생각이 들어."

나의 말이 끝나고,
조용히 듣고 있던 남편이 말했다.

"네 말을 듣고 보니, 나도 상처에서 머물지 않고 상처를 극복해보려고 노력할 게.

그리고 내가 이혼을 얘기한 부분에서, 너는 내가 마치 홧김에 이혼을 꺼냈다고 생각하는 것 같은데, 네가 얼마 전에 죽을 것 같이 힘이 들어 나에게 이혼을 요구했던 것처럼, 나도 마찬가지로 죽을 것 같은 마음이었다는 걸, 네가 생각하는 것처럼 가벼운 마음으로 이혼을 얘기한 것은 아니라는 걸 너에게 말해주고 싶었어.

단순히 '내 감정이 상해서'인 것만은 절대 아니었다는 걸 알아줬으면 좋겠다.

분유에 대한 로망 이야기를 들으니까 네 마음이 더 이해되는 것 같아.

네가 분유에 대해 그렇게 생각하고 있는 줄은 몰랐어.

그리고 너에게 최선을 다하지 않았다고 말한 건 진심으로 사과할 게.

네 말 대로 다른 사람의 일을 최선을 다했다, 안 했다, 함부로 예단한 건 잘못됐다고 생각해.

아무튼, 내가 멋대로 판단한 건 인정해. 정말 미안해.”

그는 천천히 다가와 나를 안아주었다.

나는 마음을 열고
내 말을 들어주고,
상처를 회복하겠다
고백하는 남편에게 말했다.

“용기 내줘서 고마워.”

우리의 벌어졌던 깊은 상처는
어느새 아물어 있었다.

아직은 완전히 낫지 않았을지라도,

이젠 시간이 우리를

천천히 회복시켜 주리라 믿는다.

나는 남편을 이해하려는 노력을 통해
남편이 나에게 왜 그러는지
조금은 알 수 있게 되었다.

그런데, 내가 남편을 이해 한다고 해서,
우리 관계가 전보다 더 나아진 것은 아니었다.
심지어 나는 남편을 이해한 내용을 무기삼아
도리어 남편을 약점잡아 공격하기까지 했다.

남편은 나의 공격에 몹시 괴로워했다.
하지만 나는 찌를 뿐, 보듬는 방법을 몰랐다.

나는 문제가 있음을 느꼈다.
남편이 문제가 아니라,
내가 문제일 수도 있겠구나.

제 3 장

내가 상처를 받는 이유

내 남편은 내 아빠가 아니다

남편이 유독 미울 때가 있다.
바로 남편이 나에게
'무관심한 사람'처럼 느껴질 때다.

나는 남편이 평소 시니컬한 사람이 아니라는 것을
충분히 앎에도 불구하고,

나에게 관심이 별로 없다고 느끼는 순간에는
단순한 서운함을 넘어
가슴 속 깊은 분노와 환멸감이 느껴진다.

남편은 대체적으로 다정한 사람인데,
평소 나에게 충분히 관심과 사랑을 표현해주는데,
왜 나는 자꾸 남편이 '무관심한 사람' 같을까?
그리고 나는 왜 그것이 이토록 화가 날까?

나에 대한 의문점이 쌓여가던 어느 날이었다.

나는 남편에게 할 말이 있어서
이야기를 좀 하려고 남편을 불렀다.

남편은 소파에 누워
한창 휴대폰 게임을 하고 있는 중이었는데,
순간 남편의 모습에서 아빠의 모습이 겹쳐 보였다.

그리고 바로 그때,
이따금 느꼈던 그 깊은 분노와 환멸감이
가슴 속 깊은 곳에서 올라는 게 느껴졌다.

아, 내가 내 남편에게서 내 아빠를 보고 있었구나.
나는 남편이 미운 게 아니라 아빠를 미워했구나.

나는 어릴 적,
아빠와 함께 시간을 보낸 경험이 별로 없다.

아빠는 주말에는 항상 낚시하러 가시고,
평일에는 술에 취해 밤늦게나 오셨다.

나는 학교에 갔다 오면
매일 엄마와 도란도란 이야기를 많이 했는데,
나는 엄마에게 학교에서 친구와 있었던 이야기를 하고,
엄마는 나에게 주로 아빠에 대한 하소연을 하셨다.

나는 어렸을 때는 꽤 아빠를 좋아했다.
항상 그리운, 옆에 있고 싶은 존재였다.

하지만 내가 점점 키가 커지고,
엄마가 첫 아이를 임신했을 시기인 스무 살 무렵이 되자,
아빠가 너무 싫어졌다.

나는 어느덧 아빠를 싫어하는 수준을 넘어,
증오하기까지 이르렀다.

아빠에게 독설을 퍼붓고 아빠의 가슴을 후벼 팠다.
아빠를 한심하게 생각했고
아빠를 쓸모없는 사람이라고 여겼다.

아빠를 향한 나의 증오는 멈출 줄을 몰랐다.

아빠는 나에게 너무 많은 상처를 받아
친구와의 술자리에서 눈물을 보이기도 하셨다고 한다.

그런데도 나는 아빠가 전혀 안쓰럽지 않았다.

그동안 우리에게 무관심했던 것,
엄마에게 무관심했던 것.

내가 아빠를 증오하고 비난하는 것은
그간의 무관심에 대한 대가라고 생각했다.

그렇게 시간이 흐르고 대학 생활을 하던 어느 날,
심리학개론 수업을 들을 때였다.

심리학 용어 중 '동일시'에 대한 흔한 예시로,
딸이 엄마와 동일시하여
아빠를 미워한다는 내용이 나오는 게 아닌가.

나는 아빠가 우리에게 잘못된 행동을 했기 때문에
내가 아빠를 미워하는 것이라고만 생각했지,
내가 엄마와 동일시하여
아빠를 미워한다고는 생각하지 못했다.

내가 아빠를 미워하는 감정은,
엄마에게서부터 온 것이었구나.

나는 그것을 인식한 순간부터
아빠를 향한 맹목적인 분노가
빠르게 사그라드는 것을 느꼈다.

나는 '가족치료의 이해' 수업 시간에

우리 가족 가계도를 그려보면서
아빠의 상황을 조금이나마 이해할 수 있게 되었다.

아빠는 아빠가 안 계신다.

그동안 아빠가 여럿 계셨지만,
그중 진짜 아빠는 없었으니
아빠가 안 계셨다는 말이 맞을 것이다.

아빠에게 아빠라고 불릴만한 사람들은
모두 술에 취해 아내에게 폭력을 일삼고,
아내와 자식들을 등한시하는 한량일 뿐이었다.

아빠는 할머니와 계속 함께 지내셨는데,
할머니의 최고의 애정표현은
아빠에게 밥을 배불리 먹이시는 것뿐이셨다.

할머니는 장남인 아빠에게 성실한 남편 노릇을 원했다.
엄마도 아빠에게 다정한 남편 노릇을 바랐다.
우리 네 명의 딸들도 아빠에게 자상한 아빠를 기대했다.

하지만 아빠는 아빠라는 존재가 없었다.

성실하고, 다정하고, 자상한 아빠의 모델이 없었다.

그저 술에 취하고, 무관심하고,

한량 같은 아빠만 있었을 뿐.

아빠는 엄마에게 항상

자신이 마누라 안 때리고,

바람 안 피우는 것만으로도

어디냐고 말씀하신다.

지금 생각해보면,

무책임해 보이는 아빠의 그 말 속에,

본인 나름대로 우리 가족을 위해

자신이 할 수 있는 최선을 다하고 있다고,

자신의 아빠들과는

다른 모습을 보여주기 위해

열심히 노력하고 있다는,

그 진심을 전하고 싶으셨던 건

아닐까 하는 생각이 든다.

지금 아빠는 자신의 딸들에게
"밥 먹게 놀러 와." 하며 부르신다.

그리고 자신의 엄마가
자신에게 그러하셨던 것처럼
우리에게 손수 맛있는 밥상을 내어주신다.

우리가 밥을 싹싹 비울 때까지
그 모습을 서서 지켜보시다가
밥을 다 먹이신 후에는
마치 본인의 할 일이 끝났다는 듯이 말씀하신다.

"이젠 귀찮다, 빨리 가서 네 할 일 해라."

지금 나는 안다.
그것이 우리 아빠의 최고의 애정표현임을.

우리 가족 가계도

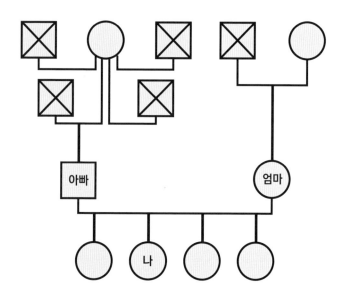

〈가계도를 보며 느낀점〉

■ 우리 아빠는 모델링 할만한 좋은 남자 어른이 없었다.

■ 가족의 모든 여자들이 아빠에게 어떠한 역할을 기대하고 있다.

■ 아빠의 삶이 참 외롭고 어려웠을 것 같다.

막상 보면, 엄마는 아빠와 사이가 좋다.

그저 엄마는 아빠에게 서운했던 감정을

나에게 풀어낸 것이다.

나는 가족치료 수업 시간에 배운

'구조적 가족치료 기법'으로,

나와 엄마 사이에 형성되었던

모호한 경계선을 명확하게 하고,

분리되었던 엄마와 아빠를 함께 배치하였다.

구조적 가족 모델

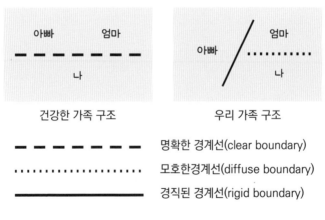

출처: 가족치료의 이해 – 학지사

나는 이제 엄마와 융합하지 않을 것이며
아빠를 고립시키지도 않을 것이라 다짐했다.

내가 엄마와 융합하고, 아빠를 멀리했던
우리 가족의 구조는 건강한 형태가 아니다.

자식이 부모의 역할을 대신 맡지 않고,
온전한 자식의 역할로 있을 때,
건강한 가족의 모습이 되는 것 같다.

다행스럽게도, 내가 남편에게
아빠를 동일시하고 있다는 것을 깨닫는 순간
남편과 아빠는 완전히 분리되었다.

이제 나는 남편에게서
아빠의 모습을 찾지 않는다.

그리고 이제 나는 남편에게
필요 이상으로 상처받지 않는다.

화내는 말투는 반드시 고쳐야 한다

남편과 연애할 때부터 우리는 종종 부딪혔다.
나는 남편이 항상 본인만 옳다고 말하는 게 싫었고,
남편은 나의 화내는 말투가 기분 나쁘다고 했다.

당연히, 감정이 격해지면 언성이 높아지고
언성이 높아지면 상대방은
화내는 것처럼 들릴 수밖에 없지 않나?

본인이 잘못한 일에도
화를 내지 말고 말을 하라니,

착하게 말해야 내 말을 수용해준다니
너무 어처구니가 없었다.

본인의 말투도 그다지
나긋나긋한 것도 아니면서.

남편은 유독 말투에 민감했다.
내가 조금만 신경질적으로 말해도 예민하게 반응하고
곧 싸울 기세로 방어태세를 갖췄다.

나는 정말 답답했다.
나는 그냥 말하는 건데!

그냥 좀 답답했을 뿐,
이렇게까지 싸울 의도는 없었는데.

아니, 이런 것도 말 못 한단 말인가?

내 의도가 그런 게 아니라고 설명을 해도
내 말투로 인해 내가 먼저 시비 건 게 되어버린다.

그럼 내가 안 답답하게 본인이 잘 좀 하던가.
잔소리 좀 하려고 하면 저렇게 성질을 내니,
정말 말이 안 통하고 답답했다.

나는 상대방이 답답하게 행동하면
화를 내는 게 당연하다고 생각했다.

화를 내는 건 내 감정표현이니까.

내 감정표현도 하지 말라는 건가?

남편이 한식뷔페에서 근무했을 때의 일이다.

남편은 퇴근할 때 남은 음식을 집으로 싸 왔는데,
그 덕에 매 저녁은 당일 만든 나물 반찬 + 불고기나 찜 같은
맛있는 음식을 푸짐하게 먹을 수 있었다.

오후 6시 반쯤 남편이 퇴근해 집에 도착하면
나에게 싸온 음식을 건네주고,
내가 다시 음식을 따뜻하게 데워 저녁밥을 준비했다.

그날도 남편에게 음식을 막 받은 후,
프라이팬에 따뜻하게 볶아서
저녁을 차리고 있는 중이었다.

그때 남편이 갑자기 말했다.
"처형네도 갖다줄까?"

언니 집은 우리 집과 매우 가깝다.
그래서 종종 남편이 싸온 음식을 나눠주곤 하는데,
그날은 이상하게도,
순간 짜증이 확 났다.

나는 이런 생각이 들었다.

'지금 7시도 넘었는데 벌써 밥 먹었겠지. 언니네 갖다 줄 생각이었으면 진즉 말하던가, 지금 밥 먹기 직전인데 왜 이제 말하지?'

그래서 나는,
"그걸 왜 이제야 말해. 지금 시간이 몇 신데. 언니 밥 다 먹었겠다!!" 라고 말하며 확 성질을 냈다.

남편은 내 말을 듣고 알겠다고 말하며 조용히 방으로 들어갔다.

방으로 들어가는 남편의 뒷모습을 보며
순간 내 머릿속에 드는 생각.

'아, 나 성격에 문제 있구나.'

남편이 반찬도 가져와 주고,
우리 언니 먹을 것도 챙겨준다는데,
심지어 갖다 주는 것도 남편 시킬 거면서,

고맙다고 하지는 못할 망정 성질이나 내고 있네?

근데 남편은 또 아무 말 안 한다.

만약에 반대 상황이었다면,
나는 분명 억울해서 난리를 피웠을 것이다.

순간, 나 자신이 너무 부끄러워졌다.
그간 이런 일들이 얼마나 있었을까?
남편은 그동안 나를 얼마나 참아줬던 것일까?

잠시 후, 나는 방에서 나오는 남편에게 말했다.
"여보. 여보가 우리 언니 생각해준 건데 성질내서 미안해.
나 정말 성격 더러운 것 같아. 그동안 오빠가 얼마나 참아줬
을까 생각하니 고맙더라."

내 말을 들은 남편이 말했다.

"사람 됐네…."

남편이 만약 내가 성질 냈을 때 같이 화를 냈다면,
나는 나를 정당화하고 합리화하며
내 감정을 표현한 것뿐이라고 생각했을 것이다.

남편의 침묵 덕에 나는
내가 부족하다는 것을 깨달을 수 있었다.

우리 남편은 그런 사람이었다.
억울해도 일단 참고 기다리는 사람.

나는 남편이 화를 못 참는 사람인 줄만 알았다.
이제껏 싸울 때는 그래왔으니까.

하지만 아니었다.
남편은 내 생각보다 훨씬 많은 부분에서
나를 참아주고 있었던 것이다.

남편의 그 화내지 않는 온유함이,
결국 나 스스로의 부족함을 돌아보고
나 자신을 변화시키는 계기가 되었다.

같은 마음, 다른 행동

남편의 행동 중에 이해가 안 됐던 점이 있었다.

남편은 기관이나 매장에 전화로 문의를 할 때,
"안녕하세요. 뭐 좀 물어볼 게 있어서 연락 드렸습니다."
라고 말한 후, 상대방이 대답을 할 때까지 기다린다.

남편은 상대방의 대답을 꼭 듣고서야,
본인의 용건을 말한다.

남편은 전화 받는 사람이 기분이 상하지 않게

말을 공손하게 함으로써 예를 다하고,
전화 받는 사람이 자신의 의견을 들을 준비를 할 수 있게
일부러 기다려주는 거라고 한다.

하지만 나는 남편의 이러한 행동이 불편했다.

나는 "안녕하세요."라고 인사를 좀 길게 말하고
"이러저러한 것 때문에 연락 드렸습니다."라고
바로 용건을 직접적으로 말하는 편이다.

나는 내가 전화를 받는 사람이라면
바로 용건을 전달받는 게 좋을 것 같아서 그렇게 한다.
전화 받는 상대방의 시간을 아껴주려는
나의 배려인 셈이다.

나는 남편이 내 옆에서 그렇게 길게 말하면
다른 사람의 시간을 뺏는 것 같아
내가 괜히 죄송하고 조바심이 났다.

생각해보면 몇 초 되지 않은 짧은 시간인데,
왜 나는 그 시간이 참 불편했을까?

나는 빨리빨리 해야만 하는 환경에서 자랐다.

다른 사람의 시간을 축내는 건 민폐라고 생각하는
아빠가 계셨기 때문이다.

우리 가족은 외식을 잘 하지 않았다.

아빠는 우리가 식당에서 밥을 먹으면
우리가 온 것 자체만으로도 민폐이고
빨리 먹고 나가주는 게
사장님을 도와드리는 것이라 여기셨다.

그래서 우리 가족은 외식을 하더라도
먹으면서 수다를 떨면 안 되고
빨리 음식을 먹고 나가줘야만 했다.

그 때문에 우리 아빠는 지금도

식당에서 빨리 먹을 수 있는
국수와 짜장면을 제일 좋아하시는 것 같다.

그리고 또 나는 말속에 숨겨진 의도를
파악하는 것을 잘 못 한다.

나는 상대방이 말하는 그대로 받아들이는 편이라
돌려 말하는 사람의 의도를 놓칠 때가 종종 있었다.

그 경험이 나에게는 불편했던 기억으로 남아서,
내가 말할 때는 상대방을 위해
상대방이 내 말을 오해하지 않도록
직설적으로 말하려고 노력한다.

우리는 궁극적으로
타인을 배려하는 마음이 같았지만
보여지는 행동이 달라서
서로 배려가 없다고 생각했다.

서로에 대한 이해 부족은
결국 갈등을 낳는 계기가 된다.

배우자가 때론 나와 반대되는 행동을 한다고 해서,
나와 생각이 다른 게 아닐지도 모른다.

만약 사소한 것으로 자주 싸운다면,
아직 서로에 대해 이해가 부족한 것은 아닐까?

상대방을 깊이 들여다보면
그 안에 더욱 사랑할만한 게 숨어있을지도 모른다.

무례함을 삼키면 수치심이 커진다

나의 어린 시절을 돌이켜보면
마치 정글의 세계 같았다.

조금이라도 잘못된 행동을 하면
마치 온 가족이 물어뜯는 것처럼
느껴졌기 때문이다.

내가 중학생 시절,
잠시 할머니 댁에서 자랐을 때의 일이다.

어느 날, 이모할머니가 놀러 오셨다.

할머니는 이모할머니께 대접하기 위해

사과를 내오시며 나에게 깎아오라고 말씀하셨다.

나는 긴장했다.

조금이라도 늦게 사과를 깎는다면

저 이모할머니께 무슨 얘기를 들을 지 몰랐기 때문이다.

나는 사과를 받아 들고 재빨리 씻었다.

1분 1초가 급했다.

감자칼을 꺼내 껍질을 빠르게 깎은 후,

접시와 과일칼을 꺼내 일부러

할머니들이 계시는 곳으로 갔다.

껍질은 빨리 깎았다는 것을 보여드리기 위해서였다.

하지만 사과를 깎은 경험이 별로 없었던 나는,

과일칼로 사과를 조각 내어

먹기 좋게 자르는 일에 약간 시간이 들고 말았다.

긴장 속에서 겨우 사과를 다 깎고 나니,

곧 이모할머니께서 웃으며 말씀하셨다.

"사과 참 느리게도 깎네."

그 소리가 듣기 싫어서 최대한 빨리 깎았는데,
역시나 나는 핀잔을 들어버리고야 말았다.

뒤이어 쏟아지는 이모할머니의 비아냥과
몇 차례의 잔소리가 끝나 이젠 안심할 무렵,
내 속도 모르는 철부지 동생이
할머니를 따라 웃으며 나를 놀려대기 시작했다.

느림보 언니가 사과도 늦게 깎는다고.

그때 나는 엄청난 수치심이 몰려왔다.
민망함에 얼굴이 빨개져 고개를 떨궜다.

'나는 역시 느려터졌구나,
최대한 빨리한다고 했는데도
내 느림은 어쩔 수가 없구나' 하는 자괴감이 들었다.

물론 이모할머니가 집으로 돌아가시고 난 후
동생을 호되게 혼내기는 했지만,
사과를 늦게 깎아 할머니들께 혼났던 그 사건은
나에게 아직도 수치스러운 기억으로 남아있다.

우리 가족은,
가족 중 누군가가 혼자 음식을 먹으면
"싸가지없게 혼자만 처먹냐?"는 소리를 듣는다.

우리는 서로의 단점을 지적하기도 잘한다.

나는 하체 비만이 심한 편인데,
그래서 자매들에게 '코끼리 다리' 라는 소리를
매일 들으면서 지냈다.

언니는 목이 짧다는 이유로,
동생은 코가 낮다는 이유로,
막내는 얼굴이 까맣다는 이유로 놀림을 당했다.

서로가 서로를 상처 주고 놀리는 것,

지금 돌이켜보면, 그때도 나는 괜찮지 않았다.

그저 상처받는 게 익숙해서
속으로 삼켰던 것뿐이었다.

우리는 상처를 주는 것도 익숙하고,
수치심을 삼키는 것에도 익숙해져 있었다.

나는 시골 할머니 댁에 가는 게 달갑지 않았다.
가면 이모들을 만나기 때문이다.

이모들은 말투가 더 사나웠다.
이모들에게서 풍기는 표정과 말투가
나를 너무 불편하게 했다.

어느 날, 큰 이모가 우리 부모님 가게에
놀러 오시는 날이었다.

아빠가 맛있는 음식을 해주신다고 하셔서
나는 동생과 함께 점심시간에 맞춰
부모님 가게에 도착했다.

가게에 들어와 큰 이모께 인사를 드리고
막 의자에 앉으려는 순간,
큰 이모님이 나를 보시며 말씀하셨다.
"너는 어째 살이 더 찌냐?"

나는 습관적으로 이 일을 삼키려 했다.
어른이시고, 나름대로 괜찮으니까.
내가 살찐 건 사실인 걸 뭐.

하지만 그래서는 안 될 것 같은 생각이 들었다.
마치 나에게 몹쓸 짓을 하는 것 같았다.

나는 큰이모께 시무룩하게 말했다.

"열심히 일하다가 맛있게 밥 먹으려고 왔는데, 왜 그런 말을 해요. 살쪘어도 우리 남편은 제가 제일 이쁘대요."

큰 이모님은 내 말을 듣고 멋쩍어하셨다.

엄마도 내 말을 듣고 당황하며,
곧바로 나를 거들어주셨다.
"네가 결혼식 날 살 뺐을 때, 이모가 너무 예뻐서 그러시나
봐."

그리고 두 분이 나를 달래주시려고 그러셨는지,
그날 동안 내 얼굴이 예쁘다는 이야기를 몇 번 하셨다.

내가 큰 이모께 화를 내지는 않았지만
내 속상한 감정을 표현하는 것만으로도
나를 지킨 기분이 들었다.

그리고 이모의 말이 상처로 남아있지 않고
내 안에서 해소되었음을 느꼈다.

그 일이 있고 난 얼마 후,

시골 할머니 댁에 가서 이모들을 만났다.

나는 집 안에서 아이들을 보고 있다가
이모님들이 도착하셨다는 소식을 듣고
밖으로 마중나가 인사를 드렸다.

시간이 약간 흐른 후,
아까 인사를 제대로 드리지 못한
둘째 이모님이 집 안으로 오시기에
나는 얼른 현관으로 가서 인사를 다시 드렸다.

내가 인사를 드리자,
둘째 이모님이 뭔가 못마땅한 표정으로
나를 위아래로 훑어보시더니 말씀하셨다.
"너는 살 좀 빼야겠다."

나는 기분이 상했지만
어떻게 말해야 할지 몰라 잠시 당황하다가
곧 입을 열고 말했다.

"왜 이 집 이모들은 내가 인사하면 인사는 안 해주고, 살 쪘다는 얘기부터 하지?"

다소 무례해 보이는 언행이었지만 속은 시원했다.

내가 그 말을 하자,
둘째 이모님은 민망해하시며
잠시 소파에 앉아계시다가
다른 이모들이 계시는 밖으로 다시 나가셨다.

나중에 엄마한테 들은 얘기로는
둘째 이모가 밖으로 나가셔서 다른 이모들께
나에게 한 소리 들었다고 말씀하셨다고 한다.

그때 우리 엄마가 둘째 이모님께 그러셨다고.

"우리 둘째는 그런 말 싫어하니까,
둘째 앞에서 그런 얘기하지 마."

이 사건들은 내가 나를 지켰던 경험으로 남아있다.
상대방의 무례함 속에 나를 내버려 두지 않고
나 자신을 지킨 경험으로 말이다.

무례함을 삼키면 수치심이 커진다.
수치심이 커지면 나를 갉아먹는다.
나를 갉아먹는 행동들은 결국에는 내 행복을 방해한다.

나는 무례함이 얼마나 잘못된 행동인지 알았고,
나를 지키는 방법을 알았다.

나는 무례함이 무례함인지도 몰랐다.
우리 가족, 우리 친척들 모두가 그랬다.

나쁜 의도는 아니지만, 아픈 건 아픈 거다.
원래 솔직한 게 더 아픈 거다.

거짓은 아프지 않다.
진실이 아프다.

우리는 솔직함이라는 미명 아래

얼마나 많은 폭력을 행사해 왔는가?
우리가 배워야 하는 것은 '배려'하는 자세이다.

나는 남편에게서 배려를 배웠다.

부드러운 말투로 나긋나긋하게 말하는 것,
기다려주는 것, 참아주는 것.
상대방을 '배려' 하기 때문에 할 수 있는 행동이었다.

아마 내가 남편을 만나지 못하고
무례함이 익숙한 사람을 만났더라면,

내가 살았던 세상과는 다른
따뜻한 세상이 있음을
결코 알지 못했을 것이다.

나는 사람을 의지하지 않는다

나는 사람을 의지하지 않는,
독립적인 성격의 사람이다.

그래서 사람을 믿어서 상처받고 아파하는 마음도
잘 공감하지 못한다.

사람한테 그렇게까지 의지하는 게 가능하다고?
도대체 얼마나 믿었길래 저렇게까지 마음 아파하지?

가끔, 그런 고통을 호소하는 사람들이

나와는 다른 세계의 사람처럼 느껴지기도 한다.

시간이 흘러 나에게 사랑하는 사람이 생기고,
보다 사람 간의 정에 대한 다양하고 복합적인 감정을
이해할 수 있게 되었지만,

여전히 '믿음'이라는 주제는
마음 한편에 의아함으로 남아있었다.

어느 날, 나는 결혼한 친구에게 물어보았다.
"너는 남편을 믿고, 남편을 의지해?"

친구는 말했다.
"응, 의지하지. 남편이 있으면 든든해."

그렇구나.
저게 정상이겠지?

하지만 나는 남편이 든든하지 않다.
남편이 믿음직스럽지가 않다.

나는 왜 남을 믿지 못할까?

심지어 평생 함께 살아갈 남편 마저도 말이다.

나는 어린 시절부터 그렇게 생각했다.

지금 죽어도 괜찮다고.

아니면 빨리 50대, 60대가 되어

얼른 안정감 있는 인생을 살면 좋겠다고 생각했다.

하지만 나의 이러한 생각을

내 주변 사람들에게 말하면,

그들은 모두 의아하다는 반응을 보였다.

지금 누리고 있는 젊음이,

삶이 소중하지 않냐며

자신은 나이를 먹는 게 싫다고 말한다.

특히, 죽음에 관한 이야기를 들으면
매우 서운해하기까지 했다.

마치 내가 당장 죽고 싶다고 말하는 것처럼 반응하며
자신을 못 만나도 괜찮냐고,
내가 갑자기 죽어버리면
남아있는 사람은 생각하지 않느냐고 속상해했다.

사람들은 삶과 죽음이라는 것 자체를
민감하게 받아들이기도 하는 것 같다.

삶은 죽음은 누구에게나 다 있는 것 아닌가?
그게 무슨 별일이라고 그러는지 모르겠다.

나는 사실 교우 관계도
크게 신경 쓰는 편은 아니다.

아무리 친한 친구라고 한들,
반이 달라지고 연락이 끊기면
결국 멀어지게 되던데.

나는 운이 좋게도
매년 많은 친구를 사귀었지만
항상 마음속으로는 그 친구들과
헤어질 준비를 하고 있었던 것 같다.

어느 날은 매일 만나서 즐겁게 지내는 친구에게
이렇게 말한 적도 있었다.

"나는 내가 좋아서 너를 만나고 있는 거야."

지금 생각해보면 그 친구에게 얼마나 상처가 되고
관계를 멀어지게 하는 말이었는지,
그 친구에게 참 미안한 마음이 든다.

나는 그 친구가 정말 좋았는데.
왜 그런 거리 두는 말을 했을까?

지금에서 돌이켜보면,
이러한 내 행동들은
나의 '불안정한 애착유형'에서
비롯된 것 같다는 생각이 든다.

나는 회피형 불안정 애착유형의 사람이다.

회피형 불안정 애착은 어린 시절,
부모에게 내 감정이 온전히 받아들여지는 경험이
별로 없을 때 형성된다고 한다.

생각해보면, 나는 애초에 부모님께
내 감정표현을 잘 안 했던 것 같다.

힘든 일이 있어도
그냥 속으로 꾹 눌러버리거나,
스스로 부정적인 감정을

다 해결해버리곤 했다.

나는 누군가에게 어떤 말로 상처를 받으면
'그 사람이 그런 말을 하게 된 원인'을
필사적으로 분석한다.

그 사람이 어떤 성격의 사람이고,
그 말을 할 당시 어떤 기분이었고,
이전에 어떤 환경에서 자랐기에
그렇게 말을 할 수 있었는지 최대한 분석하여
그 사람을 이해하려고 노력한다.

그리고 그렇게 이해를 마치면,
그 사람의 말에 더는 상처를 받지 않게 된다.

비로소 그 상처받았던 감정에서 자유로워지는 것이다.

하지만 이러한 나의 노력이 바로
'감정을 회피해 온 증거'였다.

감정을 충분히 받아들이고 해소해야 하는데,
어떻게든 먼저 원인을 찾아 해결함으로서
그동안의 감정을 회피해왔던 것이다.

나는 내가 스스로 상처를 잘 이겨내는,
내면이 강한 사람인 줄 알았는데
그게 아니었다.

오히려 나는, 내 생각보다 더 여리고
상처에 민감한 사람이었다.

나는 상처받기 싫었던 것이다.
내가 사랑하는 사람들에게서.

매년 헤어지는 친구들이 너무 아쉬워서,
내가 사는 삶이 너무나 소중해서,
죽음의 이별이 너무 두려워서,
애인이 주는 상처가 너무 두려워서,

그래서 내 마음을 닫았던 것이다.
아무도 나를 상처 입히지 못하도록.

그래서 나도 상처를 주었던 것이다.
내 의지와는 상관없이.

왜 자신을 모른 척 하냐고 서운해하던 친구들.
내가 죽음을 이야기할 때 속상해했던 가족들.
왜 자신을 믿어주지 않느냐며 절규했던 남편.

모두 내가 등을 돌렸기 때문에,
마음을 닫았기 때문에,
내 감정을 회피해왔기 때문에
상처를 받았던 것이었다.

나는 겁쟁이였다.

상처받기 싫어 나를 꽁꽁 가두고
내가 상처받을 바에는
차라리 관계를 놓아버리고 마는 겁쟁이.

나는 독립적인 사람이 아니라,
그저 무정해보이는 모습으로
나의 연약함을 외면한 사람이었을 뿐이다.

부정적인 감정도 표출해야 한다

내가 그동안 스스로 감정을 해소하는 방법을 몰라
부정적인 감정들을 회피해 왔음을 깨닫고 나서
이제는 그 감정들을 외면하거나 해결하려 애쓰지 않고
온전히 받아들이기로 한 후의 일이다.

우리 친정 식구들은 자주 모이는 편이다.

주로 가족 중 누군가의 집에 모여
맛있는 음식을 먹고 술을 마신다.

그날도 평소처럼 가족 모임이 있었고,
가족들은 함께 모여 즐거운 시간을 보냈다.
단 한 사람. 나만 빼고.

나는 부정적인 감정도 받아들이기로 한 후로
많은 부분에서 예민해졌다.

이제 가족들의 말 하나하나가
더 크게 느껴지기 시작했다.

나는 불안했다.

정제되지 않은 우리 가족들의 말투에서
행여나 상처받을까 봐.

나는 상처받지 않기 위해 잔뜩 날을 세운 체,
온 신경을 집중했다.
그날 그 모임은 나에게 조금 의미가 있었다.
내가 글쓰기를 시작한 이후로 첫 모임이었기 때문이다.

나는 새롭게 무언가를 시작한 나의 상황을 공유하며
가족들에게 지지와 용기를 얻고 싶었다.

하지만 우리 가족은 내가 글 쓰는 것에 대해
딱히 관심이 없었다.

아쉬운 마음이 들었지만
원체 책과는 거리가 있는 사람들이라
'그럴 수 있지' 생각하며 체념하기로 했다.

하지만 엄마에게는 내 글을 보여주고 싶었다.
칭찬을 듣고 싶기도 했고,
그냥… 엄마에게는 그러고 싶었다.

그래서 엄마에게 다가가
이번에 시작한 첫 글이라며 한번 읽어보라고 권유했다.

엄마는 알겠다며 내 핸드폰을 받아 들었고,
스크롤을 내리며 슥슥 읽어보기 시작했다.
나는 그 모습을 옆에서 긴장된 마음으로 지켜보았다.

엄마가 내 글을 한 20줄 읽었을까?
아직 반절도 넘게 남아있는데
엄마는 핸드폰에서 고개를 떼더니 말했다.

"뭔 말인지도 모르겠고, 공감도 안 되고
눈에 하나도 안 들어온다."

그리고 나에게 폰을 툭 던지듯이 건넸다.

나는 엄마의 말에 직격탄을 맞았다.
엄마의 말은 내가 전혀 예상한 게 아니었다.

최소한 수고했다는 말 한마디는 해줄 줄 알았는데.

나는 너무 상처받았고, 실망했다.

우리 엄마가 좋은 소리를 잘하는 사람은 아니지만
처음 글쓰기를 시작한 자신의 딸에게
이런 악담을 할 줄은 정말 몰랐다.

엄마에게 이런 소리를 들을 줄 알았다면,
절대 내 글을 보여주지 않았을 것이다.

하지만 나는 아무 말도 하지 않았다.

그저 그 마음을 속으로 꾹 누른 채
자리만 피할 뿐이었다.

나는 그날 몸이 좀 아팠다.
하지만 가족들을 보고 싶은 마음에
모임에 나간 것이었다.

진통제를 입안에 두 알 털어 넣긴 했지만
방금 엄마에게 큰 상처를 받아서 그런지
참아왔던 고통이 더 크게 느껴졌다.

나는 잠시 화장실로 들어가 아픔을 참다가,
겨우 그곳에서 나와 방으로 들어갔다.

그리고 서러운 마음에 배를 움켜잡고 엎드려
울음을 삼키고 있었다.

방에서 신음하고 있는 나와는 반대로,
가족들은 거실에서 먹고 마시며
한창 이야기하는 중이었다.

그때 거실에서 장난하고 있는 아이들이 성가신
가족 누군가가 아이들에게 말하는 소리가 들렸다.

"방에 누워서 핸드폰 하는 네 엄마한테 가."
내가 아픈 거 뻔히 알면서,
내가 꾀병을 부린다고 생각하고 있는 걸까?
나는 그때 서러움이 폭발하고 말았다.

"나 아프다고!!!!!"
나는 괴성을 지르며 엉엉 큰 소리로 울었다.

내 휴대폰이 거실 소파에 있는 걸 발견한 가족들은
그제야 내가 방에 누워서

핸드폰 하고 있는 줄 알았다고,
미안하다고 하며 나를 챙겨주려고 했다.

하지만 이미 큰 상처를 받은 나는,
오늘 쌓였던 서러움이 폭발해
다 필요 없다고 당분간 연락하지 말라며
집으로 가버렸다.

나는 집에 와서 혼자 울다가, 분을 삭이다가,
이렇게만 있으면 안되겠다는 생각이 들었다.

나는, 오롯이 나를 위해서 행동하기 시작했다.
가족들이 나를 봐주지 않으니
나 스스로라도 나를 봐주겠다고.

나는 먼저 엄마에게 전화를 걸었다.
전화를 받은 엄마에게
아까 내가 글 보여줬을 때
왜 그렇게 말했냐고 따져 물었다.

엄마가 서운했냐고 나에게 물었다.

나는 당연하다고,
딸에게 그렇게 말하는 엄마가 어디 있냐며
서운하고 비참하고 죽고 싶었다고 소리를 질렀다.

엄마는 당황해하셨다.
그리고 나에게 흥분을 가라앉히고 진정한 다음에
내일 다시 통화하자고 말씀하시며 전화를 끊으셨다.

그 후 나는 다른 가족에게도 전화를 걸었다.
내 마음을 몰라주었던 서럽고 아팠던 당시 상황을
나무라고 소리치면서 내 감정들을 다 쏟아냈다.

그리고 자던 남편도 깨워
아까 나를 편들어주지 않은 것을 나무랐다.

그 밤에 나는 온 감정의 찌꺼기까지 다 쏟아냈다.

이젠 더 이상 참지 않겠다는 듯이.

다음 날이 밝았다.
엄마에게 먼저 전화가 걸려왔고,
엄마와 어제 있었던 일에 대해 다시 이야기했다.

엄마의 이야기를 들으니,
내가 뭔가 오해하고 있었음을 깨달았다.

엄마는 내 글을 읽는 도중
'이혼'이라는 글자를 발견하고
마음이 심란하셨다고 한다.

엄마가 사주를 공부하시는데,
우리 네 자매의 사주에 이혼 수가 다들 깔려있어서
혹시 자신 때문은 아닐까 자책도 하시고,
앞으로의 일들도 걱정을 하셨다고 한다.

그래서 다음 글을 보아도 눈에 들어오지 않고
마음도 불편해서 그만 읽고 싶으셨다고 한다.

엄마가 글 읽기를 중단한 이유는
내가 글을 못 썼기 때문이 아니라,
엄마의 개인적 사정 때문이었던 것이다.

그리고 엄마는 내가 글쓰기를 시작했다는 소식을 듣고,
아무도 가르쳐 준 이가 없는데
어떻게 혼자 저렇게 척척 해내는지
내가 참 대견하다고 생각하셨다고 한다.
그리고 언제나 나를 응원하고 있다고 말씀하셨다.

내가 처음 엄마에게 글을 보여주고
엄마가 나에게 상처가 되는 말을 했을 때,
나는 속으로 이런 생각이 들었다.

'그래. 우리 엄마는 원래 이런 사람이었지.'
'실망하지 말자.'

그래서 처음에는 입을 닫았던 것이다.

만약, 내가 나중에 엄마에게
내 감정을 쏟아내며 말하지 않았더라면,
엄마는 내가 받았던 상처에 대해 알지 못했을 것이고 나는
엄마의 의도를 알지 못했을 것이다.

나는 엄마가 나를 얼마나 대견하게 생각하고 있는지,
응원하고 있는지도 몰랐을 것이며,
엄마를 차갑고 냉정한 사람이라고만 생각했을 것이다.

그리고 서서히 엄마와의 관계를 끊어냈을 것이다.
더 이상 엄마에게 상처받지 않기 위해.

감정을 회피하고 억압하는 것은
당장 내 마음을 지킬 수 있는 것처럼 보여도
사실은 그렇지 않을 수 있다.

내가 감정을 드러냈을 때
여러 위험 요소가 생길 것 같아도
사실은 그렇지 않을 수 있다.

엄마가 처음 나에게 그 말을 했을 때,
내가 "무슨 뜻이야?" 라고 물어봤더라면
그날의 상처는 처음부터 없었을지도 모른다.

나는 다른 가족들과 남편과도
갈등이 있던 다음날 대화를 이어나가 관계를 회복했다.

내가 그저 상처받았다는 이유로
아무 말 하지 않고만 있었다면,
결코 일어나지 않았을 일이다.

막아두었던 봇물이 터지듯
내 감정을 타인에게 마구잡이로 쏟아낸 것은
결코 바람직한 행동은 아니지만,
나는 이번 계기로 부정적인 감정이라도
드러내는 것이 낫다는 것을 알았다.

다만 감정을 올바르게 표출할 수 있는,
다른 적절한 방법을 찾는 것은
나에게 새로운 숙제로 남게 됐다.

불안을 인식하고 극복해내다

'난 불안이 없는 사람이야.'
난 심지어 나 자신을 이렇게 평가하기도 했다.

나에게 갑작스러운 상황이 벌어지거나
위험한 상황일 때도,
크게 동요하지 않고 침착하고 자신감 있게
대응하기 때문이다.

또, 나는 일이 일어나기 전부터
과도하게 걱정하지 않으며,

항상 긍정적으로 생각하는 편이기도 하다.

하지만 어느 날,
불현듯 내가 어떤 '부정적인 일'이 닥칠 때마다
강박적으로, 혹은 필사적으로
해결 방법을 찾아내려 한 이유가,
내가 혹시 불안수준이 높기 때문은 아닐까 하는
의심이 들기 시작했다.

그 순간,
처음으로 내 안에 '불안'이라는 존재가 있음을
어렴풋이 인식했던 것 같다.

그 후 내면을 알아가는 작업을 반복하면서
나는 점점 더 명확하게
내 안의 불안을 마주할 수 있게 되었고,

마침내 그동안 내가 '불안'이라는 감정을
완전히 '억압'해왔다는 사실을 받아들였다.

나는 그 억압의 수단으로 '강박'을 사용해,

부정적인 상황을 이해하고 해결함으로써
불안을 억누르려 했던 것이다.

아, 나는 불안이 없는 사람이 아니라
불안을 해소할 수 없어 억압해온 사람이구나.
내가 불안이라는 감정을 외면하며 지내왔구나.

하지만 이제는 내가 알았으니
더 이상 강박적으로 상황을 해결해보려고만 하지 않고,
불안이라는 감정에 직면해보기로 결심했다.

내가 처음으로 강렬한 불안과 마주했을 때,
나는 상당한 무력감을 느꼈다.

이 부정적인 정서를 '강박적 해결' 외의 방식으로
어떻게 처리해야 할지 전혀 몰랐기 때문이다.

나는 부정적인 일이 생길 때마다
"이 일이 나에게 어떤 메시지를 주는 걸까?"를 고민했고,
누군가가 나에게 상처 주는 말을 하면
"저 사람이 왜 그런 말을 했을까?" 생각하며
그 사람의 심리를 이해하고자 했다.

그런데 그런 내 행동이
불안을 억압해 온 행동이었다는 것이다.

굳이 상대방을 이해하려 애쓰지 않아도 되고,
상황을 애써 분석하지 않아도 되며,
불안한 상황을 그냥 넘겨버려도 된다고 한다.

하지만 '그냥 넘긴다'라는 것을
도무지 어떻게 해야 하는지

나는 감도 잡을 수가 없었다.

마치 맨손으로 야수를 마주한 사냥꾼처럼,
이 불안이라는 녀석을 처리할 방법을 몰라
속수무책인 상태였다.

결국 나는 불안에 사로잡혔다.
심장은 미친 듯이 뛰었고,
내 발걸음은 정처 없이 떠돌았다.

나는 해결 방법을 찾지 못한 채
집 안을 여기저기 서성이다가,
불현듯 떠오른 신경안정제를 입안에 털어 넣고서야
겨우 안정을 되찾을 수 있었다.

진정된 마음을 붙잡고 일상을 이어가던 어느 날,
다시 마음 속 깊숙이 불안이 밀려오기 시작했다.

'잘 안될 거야.'
'망할 거야.'

'사람들이 외면할 거야.'
'나는 아무것도 못 할 거야.'

부정적인 생각들이 와락 몰려오는 순간,
내 머리속에 한 조각 글귀가 함께 떠올랐다.

지나가는 새가 머리 위에 둥지를 틀게 하지 말라

혼란스러워하는 나를 위해
친구가 해준 위로의 말이었다.

"그건 단지 지나가는 생각이야.
그냥 지나가게 놔둬. 부여잡지 마."

나는 그 말을 떠올리며 다짐했다.
이 지나가는 생각들을 더 이상 부여잡지 않기로.
그리고 이제는 불안을 떠나보내기로 했다.

나는 머릿속에 작은 배를 만들고,
나를 괴롭게 하는 생각들을 그 배에 태워

잔잔히 흐르는 물결에 실어 보냈다.

"둥둥둥-"

입으로 소리를 내어
실제로 배가 떠내려가는 모습을 상상해보았다.

그러자 정말 신기한 일이 일어났다.
긴장감이 아래로 쑥- 꺼지며
마음에 평화가 찾아온 것이다.

나는 드디어 방법을 찾았다.

불안이라는 야수를 물리칠
효과적인 무기를 찾아낸 것이다.

불안을 물리쳤던 이 경험은,
의외로 '육아'에서도 놀라운 변화를 가져왔다.

육아는 수많은 선택의 연속이다.
나는 항상 아이에게 더 나은 환경을 주고 싶어서
모든 선택을 지나치게 고민하곤 했다.

그날, 나는 아이들에게
영양제 젤리를 주는 문제로 갈등하고 있었다.

매일 저녁에 먹는 젤리를 아직 안 먹었는데,
이미 양치를 끝내버린 상황.

아이들이 젤리를 달라고 떼를 쓰는 가운데,
나는 오히려 차분하고 분명하게 말했다.

"양치하고 난 후에는 아무것도 먹지 않는 거야.
우리가 정한 약속은 지켜야 해.
엄마는 네가 충치로 고생하는 걸 원하지 않아.
엄마는 너의 이빨을 지킬 거야."

예전의 나였다면,

혹시나 젤리를 한 번 안 먹어서

아이가 건강을 잃지는 않을까 불안해하며

마지못해 젤리를 줬을 것이다.

양치는 또 하면 되니까.

건강은 생명과 연관이 되는 것이니까.

하지만 이제는 문제상황이 명확하게 보이면서

내가 무엇을 선택해야 하는지 고민하지 않아도

해야 할 일을 자연스럽게 알 수 있게 되었다.

또 내 선택으로 인해 아이가 울거나

부정적인 반응을 보이면,

혹시 내가 잘못 선택한 것은 아닌가,

아이의 정서를 해치는 것은 아닌가,

내가 사실 편하게 육아하려고

이기적으로 행동하는 것은 아닌가 불안했는데,

내 행동은 결코 이기적이지 않았고

진정으로 아이를 위해서 한 행동이었음을

명확히 느낄 수 있게 되었다.

그리고 나의 그 상황과 감정을
아이들에게도 분명하게 전달할 수 있게 되었다.

불안.

이 경험을 통해 나는
불안이 생각보다 내 삶 전반에
깊이 영향을 미치고 있었음을 깨달았다.

마치 짙은 안개처럼
내가 나아갈 방향을 흐릿하게 만들던 것.
나를 혼란스럽게 만들어 주저앉혔던 것.

그것이 바로 불안의 역할이었다.

하지만 이제 나는
마치 안개가 걷힌 맑은 하늘을 보는 것처럼,

많은 것을 명확하게 바라볼 수 있게 되었다.

내가 내 안에 자리한 불안을 인식하고
극복하기 시작하면서 찾아온
내 삶의 변화였다.

그 변화는 내 예상보다
훨씬 더 크고 특별했다.

그리고 나는,
이제 내 앞날이 기대되기 시작했다.

마치 밝은 햇살이 비추는 화창한 날씨처럼
내 앞에도 밝은 미래가 있음을 느낄 수 있었다.

자기혐오, 내 안의 악마를 물리치다

불안을 이겨내는 방법을 찾고

희망에 부풀었던 바로 다음 날,

아침에 일어나 눈을 떠보니 이런 생각이 들었다.

"이 모든 것이 나의 합리화 아닐까?"

이 생각이 들자,

어제의 확신이 송두리째 흔들리기 시작했다.

사실 불안을 이겨낸 것은 나의 착각이고

나는 불안을 극복한 적이 없으며
그저 한 순간의 감정이었을 뿐이었다는,

내 삶은 달라지지 않았고
지난 삶을 살아왔던 것처럼,
앞으로도 살아갈 것이라는 그런 생각.

참으로 지독하다.
끝을 모르는 자기혐오.

내가 찾은 방법이 옳지 않을 수도 있다는
끊임없는 의심과 자기 검열.

나는 이것이, 내가 도저히 끊어낼 수 없는
지독한 자기혐오에서 온다고 생각한다.

희망으로 가득했던 마음은
땅으로 곤두박질쳤고,
불안은 다시 나에게 찾아왔다.

애써 찾은 무기를,

정작 나 스스로가 소용없다고 비웃는 꼴이라니.

생각해 보면, 내가 내 내면을 돌아보고

희망이 보여 확신에 차던 날이면

그 다음 날 어김없이 이 악마가 찾아오곤 했던 것 같다.

"너 그게 정말이라고 확신할 수 있어?"

"네 말에 책임질 수 있어?"

"그거 자기 합리화 아니야?"

이 악마는 언제나 엄청난 의심을 안겨주고 떠나간다.

그때 나는 이런 의심으로 인해 불안에 사로잡혔고,

처음 겪는 불안에 속수무책으로 당했었다.

하지만 천사 같은 친구의 도움으로 이겨낸 후,

새롭게 힘을 얻고 희망을 품었던 것이다.

그런데 그 악마가,

내가 불안이라는 감정에 승리를 선언한 다음 날,

내 인생에 희망을 발견해 기쁨에 차 있는 나에게
또다시, 찾아왔다.

하지만 다행이다.
오늘은 정신과 상담이 있는 날이기 때문이다.

나는 각오를 다지고 갔다.
선생님 시간을 뺏을까 눈치 보지 말고
있는 그대로 다 말하기로.

나는 의사 선생님께
내가 그동안 불안을 억압해 왔음을 고백했다.

갑자기 찾아온 불안을 직면하며
이겨내는 방법을 깨닫고
그 방법으로 마음의 평화를 얻었지만,
오늘 아침, 이 모든 게 착각일지도 모른다는
의심이 들었다고 털어놨다.

그리고 종종 이런 생각들이 나를 괴롭힌다고 말했다.

선생님은 말씀하셨다.

"다른 사람은 그렇게까지 이해하려고 하고,
그 사람들 편에 서려고 하면서
왜 자신의 편에는 서주지 않으세요?"

내가 그때 느꼈던 감정들은
결코 합리화라고 치부할 수 없는 것인데,

왜 그것들을 합리화로 여기며
나를 공격하는 생각들에게서
나 자신을 보호하지 않느냐는 말이었다.

그리고 말씀하셨다.

"마치 든든한 엄마처럼,
스스로를 돌봐주셔야 해요."

의사선생님의 말을 들으니 마음이, 슬펐다.

나는, 나를 내몰고 있었구나
나에겐 내 편이 없었구나
아무도 편들어주지 않는 이 세상에서,
나 혼자 아둥바둥 살아오느라 참 힘들었겠구나.

나조차 내 편이 되지 못하고
나를 벼랑으로 몰아 세우고 있었구나

나는 내 스스로 내몰린 벼랑에서
다시 붙잡고, 다시 기어올라오고,
그렇게 살아오고 있었구나.

이제는 내가 내 편이 되어줘야겠다.

나를 벼랑으로 내모는 나로부터
나를 지켜줘야지.

이제 나는,
내가 할 일이 무엇인지 명확하게 알았다.

끝이 보이지 않을 것 같았던 내 안의 자기혐오.
나를 주저 앉히고 나아가지 못하게 했던 생각들.

그것은 내가 아니다.
나를 해치는 악마다.

그리고 나는,
나를 지키는 든든한 방패다.

이제는 그 악마가 나를 해치지 못하도록
내가 나를 지킬 것이다.

나는 앞으로 펼쳐질
나의 모험 가득한 삶에서,

불안을 없앨 무기를 얻고
나를 지키는 방패도 얻었다.

그것도 아주 이해심 많고, 포용력 있고,
따뜻하고 희망을 주는
세상에서 가장 든든한 방패를 말이다.

그리고 내가 찾은 무기.
어떤 불안이 와도 이겨낼 수 있는
마법저항력 만렙의 무기,

그 무기가 정말 좋은 효과가 있다는 것을
정신과 의사 선생님께 검증까지 받았다.

나는 이 미지의 세상속에서
앞으로 계속 나아갈 것이다.

나의 방식대로, 내가 원하는 대로.

그러니까, 꺼져라 이 악마야!

나에게 쓰는 편지

송이야,

나는 너의 고통을 생생히 알아.

그리고 네가 자식과 남편을

얼마나 소중하게 생각하는지도 알아.

네가 얼마나 행복을 꿈꾸고,

그것을 위해 얼마나 노력하는지도 나는 알아.

나는 네가 반드시 원하는 대로

행복에 다다를 수 있다고 확신해.

하지만 송이야, 기억해.

이 세상에 완벽한 사람은 없어.

완벽한 행복도 없어.

그저 평범한 하루하루를 보내며

그 안에서 충만한 행복을 누리는 것,

나는 네가 그렇게 살았으면 좋겠어.

넘어지고 다쳐도 돼.

실수하고 욕먹어도 괜찮아.

내가 너를 위로해 줄게.

네가 힘들 때 내가 따뜻하게 안아줄게.

잠시 쉬었다가, 다시 열심히 살아가자.

네 안의 선한 뜻,

그건 아무나 할 수 있는 게 아니야.

너도 알잖아. 너는 정말 대단한 사람이야.

네가 더 이상 무엇을 더 하지 않아도,

그 모습 그대로도 충분히 대단해.

아픈 마음을 안고 여기까지

너 혼자 온 것도 정말 대단한 거야.

너무 늦게 와서 미안해.

이제 내가 널 지켜줄게.

나는 내 삶이 지옥같다고 생각했다.
내가 만든 고통 속에서 몸부림치는 지옥.

하지만 이런 생각이 들었다.
'삶이 지옥이라면,
왜 나는 지옥 속에만 머물고 있지?'

나는 지옥 속에 머물지 않기를 택했다.
더 나은 길로, 더 나은 미래로 향하는 것을 택했다.

나는 마침내 닿기를 소망한다.
천국과도 같은 행복한 삶에.

제 4 장

결혼, 지옥에서 천국으로

올바른 부부관계란 무엇일까?

결혼 생활은 시작부터
수많은 기대와 설렘으로 가득 차 있다.

하지만 시간이 지나며
우리는 서로의 다름과 부족함을 마주하고,
그 속에서 갈등과 상처를 경험한다.

그러나 이러한 갈등과 상처는
우리에게 진정한 부부 관계의 의미를 배우게 한다.

나는 결혼 생활 속에서
남편과 크고 작은 갈등을 겪으며,
부부 관계가 얼마나 복잡하고 어려운지 깨달았다.

처음에는 남편의 말과 행동이
나에게 상처를 주었고,
나는 그 상처 속에서
남편을 오해하며 불신을 키웠다.

특히 단유를 둘러싼 갈등은
우리 관계에 가장 큰 상처를 남겼다.

남편의 입장을 배려하지 못한 나의 태도와,
불안과 무력감 속에서 이혼이라는 극단적인 선택을 했던
남편의 감정은,
서로에게 깊은 상처를 남겼다.

그러나 이후 나는
남편의 입장을 이해하려 노력하며,
그가 책임감과 불안 속에서
얼마나 고군분투했는지 알게 되었다.

이해와 공감을 통해
남편을 바라보는 나의 시각이
변화하기 시작한 것이다.

또한 나는 나 자신의 내면을 돌아보며
내 자아를 튼튼하게 다지고
불안과 자기혐오를 극복하는 법을 배웠다.

이 변화는 나를 더 성숙하게 만들었고,
남편과의 관계에도 긍정적인 변화를 가져왔다.

이 과정을 통해 나는 **부부 관계란,**
갈등이 없는 완벽한 관계가 아니라,
서로를 이해하고 함께 성장하며
나아가는 여정임을 깨달았다.

만약 내 부모나, 가까운 관계에
건강하고 안정된 부부가 있었더라면,
나는 그 모습을 배우는데 어렵지 않았을 것이다.

하지만, 내 주변에는
내가 모델링할만한 부부가 없었다.

그래서 나는 '어떤 부부관계가 건강한 관계인지'
이론적으로 배우고 공부할 수밖에 없었다.

내가 나름대로 올바른 부부관계가 되기 위해서
해야 할 일을 연구했던 것에 대해 소개해본다.

올바른 부부 관계를 위해서 해야 할 일

(1) 서로의 다름을 이해하고 존중한다

부부 관계에서 가장 중요한 것은,

서로의 차이를 이해하고 받아들이는 것이다.

나는 갈등 속에서 내가 남편의 입장을

충분히 헤아리지 못했던 순간들을 돌아보며,

내 태도가 그에게 얼마나 큰 상처를 주었는지 알았다.

반대로, 남편도 내가 겪은 고통과 노력을

이해하지 못했던 점을 인정하며

서로의 차이를 받아들이기 시작했다.

이러한 과정은 서로를 이해하고

존중하는 태도의 중요성을 일깨웠다.

(2) 서로 대화하며 감정을 공유한다

부부 관계에서 대화는 단순히 말로 하는 소통을 넘어,

서로의 감정을 공유하는 과정이다.

갈등 속에서 나는 종종 내 감정을 숨기고

남편을 비난하며 문제를 해결하려 했다.

그러나 진심 어린 대화와 감정의 공유가

갈등을 해결하고 관계를 회복하는

유일한 길이라는 것을 깨닫게 되었다.

(3) 갈등을 건강하게 해결한다

갈등은 부부 관계의 필연적인 일부다.

하지만 갈등을 잘 해결하려면 자신의 입장만 고수하지 않
고, 상대방의 감정을 이해하려는 노력이 필요하다.

나의 고집스러움을 인정하고 사과하며,

남편과의 관계를 회복했던 경험은

갈등을 해결하기 위한 가장 중요한 첫걸음이었다.

(4) 스스로를 반드시 돌보아야 한다

부부 관계가 건강하려면,

나 자신부터 건강하고 단단해야 한다.

나는 내면을 깊이 들여다보는 작업을 통해

부모와의 애착문제를 해결하고,

불안을 극복하는 방법을 알았으며

자기혐오에서 벗어나 나를 돌보는 법을 배웠다.

만약 이 작업이 이루어지지 않았다면,

나는 나의 문제에 매몰되어

남편과의 관계를 회복하려는 노력을

결코 할 수 없었을 것이다.

결혼 생활은 결코 완벽할 수 없다.

하지만 그 불완전함 속에서,

서로를 이해하고 사랑하며 성장하려는 노력을 통해

우리는 더 나은 동반자가 될 수 있다.

나는 이제 안다.

완벽한 관계는 없지만,

서로를 이해하려는 노력과 진심이 있다면

우리는 함께 더 단단한 관계로 나아갈 수 있다는 것을.

그리고 그 노력은 우리 부부를

서로가 서로를 인정하고 신뢰하는

진정한 평생의 동반자로 만들어줄 것이다.

〈관계를 바꾸는 팁 1〉

갈등을 피하지 말라. 갈등이 있어야 회복도 있다.

역지사지 : 처지를 바꾸어 생각하다

부부가 함께 살아가며 갈등을 원만하게 해결하기 위해
가장 중요한 자세는 바로 역지사지,
즉 상대방의 상황에서 생각해보는 것이다.

그러나 상대의 상황을 이해하는 것은 말처럼 쉽지 않다.
우리는 **자신의 감정과 생각에 쉽게 치우치기 때문**이다.

그러므로, 이미 갈등이 심화한 관계라면
객관적인 지표가 큰 도움이 될 수 있다.

객관적인 시선으로

나와 타인을 바라볼 수 있을 때,

비로소 상대방의 관점에서

생각할 수 있는 여지가 생긴다.

객관적인 시선으로

관계를 돌아보는 방법 중,

내가 적극적으로 이용한

2가지 방법을 소개한다.

첫번째 방법) 영상 촬영이나 음성녹음을 이용하기

우리의 기억은 종종 감정에 따라 왜곡된다.
갈등 상황에서 내가 어떤 말을 했는지,
남편이 어떤 반응을 보였는지 스스로 생각해보면,
나의 관점에서 유리한 부분만 떠오르기 마련이다.

하지만 만약 휴대폰 음성녹음이나
홈CCTV같은 영상을 통해
당시 상황을 다시 확인할 수 있다면,
내 기억 속 왜곡된 장면 대신
사실 그대로의 모습을 볼 수 있다.

내 경우를 예를 들어,
우리가 말싸움을 할 때 나는 부드럽게 말했는데
남편이 과민하게 반응했다고 생각했지만,
녹음을 통해 객관적인 시선에서 다시 들어보니
내 목소리가 생각보다 날카로웠고 비난조였으며,
지시적으로 느껴진 적이 있었다.

남편 또한, 음성녹음을 듣기 전에는
자신이 주장을 정당하게 펼쳤다고 생각했는데,

녹음된 음성을 들어보니
자신의 말이 다소 억지스러운 점도 있었다는 것을
인정하기도 했다.

그리고 남편이 했던 말 중에
서운하다고 생각했던 부분을
녹음으로 다시 들어보니,
남편은 평소처럼 논리적으로 이야기했을 뿐이었고,
내가 유독 그 말을 공격적으로 받아들였다는 것을
깨달은 적도 있었다.

나는 남편과의 갈등 상황을 녹음하는 것을 통해
내 말투나 태도가 갈등을 조장하지는 않았는지
되돌아보게 되었고,
남편의 말을 있는 그대로 받아들이려
노력하는 계기가 되었다.

그리고 이러한 노력 덕분에
실제로 그 전보다 훨씬
불필요한 오해와 싸움이 줄어들었다.

두번째 방법) 심리검사를 통해 성격을 이해하기

심리검사는 서로의 행동 특성과 성향을
객관적으로 이해할 수 있는 유용한 도구다.

특히 부부관계에서 갈등이나 오해의 근본 원인을 파악하고, 서로를 더 깊이 이해하는 데 큰 도움이 된다.

부부 사이에서 갈등이 생기는 가장 큰 이유 중 하나는 서로의 다름을 이해하지 못하기 때문이다.
우리는 종종 자신의 기준으로 상대를 판단하고, 그로 인해 서운함이나 좌절감을 느끼곤 한다.

하지만 심리검사는 서로의 성격적 차이를 객관적으로 볼수 있게 도와준다.
더 나아가, 상대의 행동 뒤에 숨겨진 의도와 감정을 이해하게 되면서 오해가 줄어들고, 대화의 폭이 넓어진다.

실제로 남편과의 관계를 개선하는 데 가장 도움이 되었던, **3가지 심리검사**를 소개해본다.

(1) MBTI

개인의 성격 유형과 정보 처리 방식을 이해하는 검사로, 서로의 의사소통 스타일과 대인관계 패턴을 파악할 수 있다.

(2) 성인애착유형검사

개인의 감정적 유대와 갈등 대처 방식을 알아보는 검사로, 부부간의 감정적 거리감을 이해하고 극복하는 데 유용하다.

(3) TCI (기질 및 성격검사)

타고난 기질과 후천적으로 발달한 성격을 평가하는 검사로, 서로의 내면적 강점과 성장 가능성을 객관적으로 파악할 수 있다.

다음 장에서는 위 심리검사를 이용해 우리 부부의 특징을 분석하여 나, 남편, 공통점, 장단점을 3가지로 나누어 알아본 내용을 소개한다.

〈아내〉

MBTI	열정적이고 창의적. 대인관계를 중요시하며 이상적 관계를 추구. (ENFP)
애착유형	독립적이고 정서적으로 거리를 두려는 경향이 있음. (회피형 불안정 애착)
TCI	스스로 선택하며, 타인의 감정을 중시하고 대담한 성향이 강함

〈남편〉

MBTI	책임감이 강하며 세심하고 현실적이나, 감정 표현이 부족. (ISFJ)
애착유형	친밀감에 부담을 느끼고 독립성을 강조함. (회피형 불안정 애착)
TCI	안정적인 환경을 선호하며, 신중하고 독립적.

〈공통〉

MBTI	상대방의 감정에 민감하게 반응 (F성향)
애착유형	감정 표현에 어려움을 느끼고 친밀감을 회피하는 경향이 공통적으로 나타남. (회피형 불안정 애착)
TCI	독립적이며 책임감이 강하고, 목표를 향한 끈기와 노력하는 태도가 강함

〈우리 부부의 장점〉

	MBTI	애착유형	TCI
아내	창의적, 열정적	독립적	탐구적, 호기심 많음
남편	책임감, 체계적	자립적	끈기, 완벽주의
공통	신뢰감, 책임감	독립적사고	자율성, 꾸준함

〈우리 부부의 단점〉

	MBTI	애착유형	TCI
아내	이상주의 실행력 부족	감정회피	무모함 충동적
남편	보수적 감정표현 부족	친밀감 부담	둔감함 정서적 거리감
공통	감정억제 오해	정서적 거리 유지	갈등회피 독립성 과잉

이 체크리스트를 통해 우리는
건강한 부부관계의 방향성을 알 수 있다.

위의 글에 담긴 내용을 토대로,
건강한 부부로 나아가기 위한 7가지 방법을 생각해보았다.

건강한 부부를 위한 체크리스트

✔ 상대에게 공감받는다고 느끼는가?

✔ 서로 다름을 인정하고 존중하는가?

✔ 의사소통이 원활히 이루어지는가?

✔ 갈등을 해결하는 방법이 만족스러운가?

✔ 배우자에게 아낌없이 칭찬하고 있는가?

✔ 나 스스로가 가치 있는 존재라고 여기는가?

✔ 함께 성장하고 있는가?

건강한 부부로 나아가기 위한 7가지 방법

(1) 감정을 나누라

우리 부부는 둘 다 회피형 불안정 애착으로, 자신의 감정을 억누르며 살아왔다. 그래서 서로 감정표현을 잘 하지 못했고 결국 오해와 갈등을 낳았다. 서로가 진심으로 느끼는 감정을 솔직히 표현하고 공유하는 노력이 반드시 필요하다.

(2) 존중을 잃지 말라

심리검사를 통해 알게 된 장점과 단점을 기억하자.
서로의 다름을 인정하고 존중하려는 노력이 있을 때 그 관계가 비로소 안정된다.

(3) 소통하라

비난 대신 대화를 선택하라. 상대방이 존중받지 못한다는 느낌을 받는다고 한다면 자신의 소통 방식에 분명한 문제가 있는 것이다. 감정적으로 예민할수록 소통에 더욱 심혈을 기울여야 한다.

(4) 갈등을 해결하라

문제를 회피하지 말고 함께 해결책을 찾아라. 갈등은 문제를 해결할 수 있는 중요한 열쇠가 된다. 피하기만 한다면 제자리에 머물러 있을 뿐이다. 갈등을 건강하게 해결하기 위해선 상대방을 어려움을 인정하고 자신의 잘못을 진심으로 사과하려는 노력이 필요하다.

(5) 칭찬을 아끼지 말라

상대의 장점을 기억하고, 자주 인정하고 표현하라. 칭찬을 통해 긍정적인 정서를 자주 쌓는다면 신뢰감 형성에 큰 도움이 될 수 있다.

(6) 스스로를 돌보라

나를 잘 돌보아야 상대에게도 잘할 수 있다. 특히 자신의 애착대상을 재정립하면 관계 개선에 도움이 되고 안정감을 느낄 수 있게 된다. 자신이 반드시 건강한 상태가 되어야 무엇이든 시작할 수 있음을 기억해라.

(7) 함께 성장하라

함께 배우고 변화하며 관계를 깊게 만들어라. 삶의 목표를 서로 나누고 응원해준다면, 앞으로 살아가는 데 있어서 서로의 존재가 큰 힘이 되어줄 것이다.

부부 관계는 결코 완벽할 수 없다.

그러나 서로를 이해하고 노력하며 함께 성장하려는 태도가

있다면 얼마든지 더 나아질 수 있다.

역지사지의 자세로

서로의 입장을 이해하려는 노력과 함께,

건강한 소통과 감정 나눔,

그리고 서로에 대한 존중을 실천한다면

더 단단한 부부로 나아갈 수 있을 것이다.

두 사람이 함께라면,

반드시 더 나은 내일을 만들어갈 수 있다.

〈관계를 바꾸는 팁 2〉

역지사지에서 가장 중요한 것은,

상대방이 아닌 '나'를 정확히 파악하는 것이다.

상대방의 흠을 보던 시선을 돌려 나 자신을 바라보자.

내가 피해자라는 인식에서 벗어나지 못한다면

상대방만 탓하며 나보다 상대방이 더 노력하길

기대하기만 할 것이다.

이러다 죽을 것 같을 때 이혼을 말한다

내가 남편에게 이혼하자고 말한 적이 있었다.
도저히 이 사람과 살아갈 수 없을 것 같아서.

끊임없이 나만 잘못했다고 말하며
내가 변해야만 한다고 말하는 이와 함께 살다가는
내가 정말 어떻게 되어버릴 것만 같아서.

계속 이렇게 자책하다가
내 생명까지 포기해버릴 것 같아서.

살고 싶어서 이혼을 말했다.

그날의 이야기는 이렇다.

남편이 근무하는 일요일 날,
나는 혼자 아이들을 데리고 여기저기 다니며
하루를 분주하게 보냈다.

그날은 마침 친척 집에서
저녁 약속이 있는 날이기도 했다.

나는 지친 몸을 이끌며 아이들을 데리고
친척 집으로 향했고,
남편도 퇴근 후 6시쯤 합류했다.

저녁 식사를 할 때 남편은 첫째를, 나는 둘째를 맡았다.

첫째는 이제 스스로 잘 먹지만,
둘째는 갓 돌이 넘어 스스로 식사를 하지 못해
내가 계속 도와주어야만 했다.

시간은 무르익어 저녁 9시쯤 되었고,
우리는 좋은 분위기에서 함께 이야기를 나누고 있었다.

분주하게 보냈던 하루가 끝나간다는 안도감과,
이제는 편하게 좀 쉬고 싶은 마음에
나는 소파에 털썩 앉았다.

그때 둘째가 혼자 돌아다니는 모습을 본 친척이
나에게 핀잔을 주며 말했다.
"엄마는 애 안 보고 뭐 하냐."

나는 억울했다.
내가 온종일 뒤치다꺼리했는데,
'엄마'라는 이유로 저런 말을 들어야 하나?

그럼 '아빠'는 뭐하고?
아빠는 편하게 술 마시고 있는데?

이런 생각이 들어 마음이 상해
남편에게 확 쏘며 말했다.
"내가 하루종일 애 봤으니까 이제 오빠가 좀 봐"

내 말을 듣고 기분이 나쁜 남편이 말했다.
"나는 하루종일 일했는데?"

지금 시간이 9시인데,

내가 둘째 뒤치다꺼리하는 동안 편하게 술 먹다가

갑자기 저렇게 말하는 남편이 어이가 없었다.

나는 말했다.

"지금 퇴근한 것도 아니잖아."

그리고 내 말에 '일하는 행위'를 들먹거리는 게 괘씸해서,

"그럼 일하면 애 안 봐도 된다는 거야?"라며 쏘아붙였다.

그랬더니 남편이 하는 말.

"그럼 애 보면 일 안 해도 된다는 거야?"

나는 남편이 선을 넘었다고 생각했다.

둘째 어린이집 안 보내고 온종일 가정 보육하는 나에게

지금 돈 벌어오라는 말이 아닌가?

아무리 자기가 기분이 나빠도 그렇지,

겨우 그런 이유로 저런 말을 한다고?

나는 기가 막혀서 말문이 막혔다.

이러다가 친척 집에서 소리를 치며
화를 폭발시킬 것 같아서
남편에게 아이들을 데리고 오라고 말하고
나 혼자 집으로 와 버렸다.

내가 온종일 애들 봤으니,
그쯤은 충분히 혼자 할 수 있겠지.

얼마 정도 시간이 흐른 후
남편이 술에 가득 취한 채 애들을 데리고 집에 왔고,
곧바로 침대로 가서 곯아떨어졌다

그날 밤, 감기에 걸린 둘째가 기침하다 토를 했다.

나는 그 토사물을 손으로 다 받아내며
흔적을 깨끗이 지우고,
새 이불을 꺼내 자리를 다시 보았다.

그래, 결국 이렇게 고생하면서 애를 보는 건 나다.

하지만 그런 보람도 없이
남편에게 돈 벌어오라는 소리나 들었다.

온종일 돌이 갓 넘은 아이에게 시달리며 지쳐있는 내게,
남편은 한 시간의 쉼조차 주기 싫어서
돈 벌어오라는 소리나 하다니.

나는 화가 너무 나고 자존심도 상했다.
그래서 다음날 남편을 본체만체했다.

남편은 그런 내 모습을 보고 자신도 똑같이 화를 냈다.

우리는 그 후 3일 동안,
서로 아무 말도 하지 않았다.

그 침묵의 3일은 내게 지옥 그 자체였다.

화가 나고 억울하기도 했지만,
남편과의 단절감이 나를 더욱더 괴롭게 했다.

남편은 내가 먼저 대화를 걸지 않으면
절대 아무 말 하지 않을 사람이다.

십 년 넘게 말을 하지 않고
살아가는 부부도 있다던데,
이대로 가다가는 우리도 그렇게 될 것 같은
불안감이 밀려왔다.

나는 내 자존심과
남편과의 관계 회복 사이를 갈등했다.

그래도, 어떻게든 해결을 하는게 낫지.
평생 말을 안할 것도 아니고.

나는 그냥 내가 먼저 말을 걸기로 마음을 먹었다.

아직 남편을 사랑하니까.
그래, 내가 더 사랑하니까
내가 더 노력하지 뭐.

나는 말할 기회를 살피다가
저녁 시간이 되어 남편에게 물었다.
"저녁밥 어떻게 할 거야?"

그때, 남편이 나를 쏘아보더니,
화가 잔뜩 묻어난 목소리로 말했다.
"신경 꺼."

나의 갈등과 노력이 물거품이 되는 순간,
나는 또다시 분노에 휩싸였고
분노를 넘어선 미칠듯한 무언가가
내 속에 날뛰고 있음이 느껴졌다.

하지만 그동안에 단련된
모든 인내심을 동원해 꾹- 참고
"나한테 말을 왜 그렇게 해?"하고 말을 말았다.

남편도 더는 나를 자극하지 않고 아무 말이 없었다.

속에서 천불이 끓는다.

지금 확 들이받아?

백번쯤, 이 고민을 한 것 같다.

하지만 남편을 사랑하기로 약속했으니까,

내가 참기로 스스로 약속했으니까

내가 더 참고, 더 노력하기로 했다.

나는 그날 밤, 잠을 자기 위해 침대로 올라온

남편의 손을 슬며시 잡으며 말했다.

"우리 이야기 좀 하자."

그때 남편이 냉랭하게 말했다.

"네가 미안하다고 사과하기 전까지 나는 절대 너랑 말 안

해."

남편은 이 말을 마치고 거실로 휙 나가버렸다.

내가 남편의 손을 잡기까지,
정말 엄청난 용기가 필요했었다.

나는 속으로 간절히 빌었다.
'하나님, 남편과의 사이가 잘 풀리게 해주세요.'
'우리가 서로 상처 입히지 않고 대화하게 해주세요.'

근데 결과가 이거라니.
너무 참담했고, 절망스러웠다.

하지만 그동안의 숱한 싸움 덕분인지,
다행이도 나는 이 감정에서 빨리 빠져나올 수 있었다.

이것은 한순간의 감정일 뿐,
해결하는 것이 더욱 중요하기 때문이다.

내가 먼저 사과해야 남편이 대화한다고 하니,
어서 빨리 뭐라도 말을 해야 할 것 같은데,
도무지 무엇을 사과하라고 하는지 알 수가 없었다.

내가 잘못한 게 도대체 뭐지?

나는 남편이 저렇게까지 화를 날 만한 상황이
뭐가 있을지를 필사적으로 고민했다.

과거에 남편은 내가 갈등 상황일 때
피하는 것을 정말 싫어했다.
그때도 이렇게 분개하며 화를 낸 적이 있었다.

그래서 그런 걸까?
내가 대화하다가 그냥 집으로 와버려서.
그게 그렇게 화가 났던 것일까?

나는 남편을 정말 이해할 수 없었지만,
남편이 싫어할 만한 행동은 그것 같다는 생각에
남편에게 바로 문자를 보냈다.

"나 혼자 집에서 가버려서 미안해."
남편의 연락을 기다린 지 한 시간째.
드디어 남편에게 답장이 왔다.

용기를 내준 건 고마운데 그게 아니다.
자신에게 하루종일 육아 안 했다고 말한 게 기분이 나빴다.

그 말은 열심히 일하고 온 자신을 무시하는 발언이다.

일하는 것도 육아하는 것과 똑같은 일인데,

그러니까 자신도 육아에 참여한 셈인데,

그런 자신에게 육아를 안 했다고 한 게 너무 화가 났다.

그 발언으로 인해 평소에 자신을 어떻게 생각했는지,

내가 노동의 가치를 얼마나 경시하고 있었는지

이제야 느껴졌다는 말들이었다.

나는 정말 억울했다.

나는 종일 둘째로 인해 지쳤으니까,

9시에라도 편하게 쉬고 싶어서

잠깐만 봐주라는 의미로 한 말인데,

갑자기 노동의 가치를 경시하며

남편을 무시하는 여자가 되어버렸다.

그래서 나는 "내가 언제 '하루종일 육아 안 했다' 라는 식으로 말 했어? 나는 그렇게 말하지 않았어."라고 했다.

남편은 분명히 내가 그렇게 말했고,

그건 확실한 일이라며 못 박았다.

나는 그런 의도도 없었고,
그렇게 생각하지도 않는다고 재차 말했다.

그러자 남편은 나에게
너는 전혀 반성의 의지도 없으며,
지금 변명만 하고 있다고
제발 스스로 돌이켜보고 잘 생각을 해보라고 했다.

우리는 그렇게 몇 번을 서로의 주장만을 반복했다.

남편의 그런 이야기를 계속 들으니,
나는 내가 진짜 그런 사람일 수도 있겠다고 생각했다.

사실 나는 사람에 대한
뿌리 깊은 의심이 있는 사람이니까.

남편을 내가 그동안 존중하고
사랑한다고 생각하며 행동했던 모든 것 이면에는
내가 정말 남편을 그저 돈벌이로만 생각하고

사랑하는 척만 했던 게 아니었을까 하는
의심이 들기 시작했다.

그리고 나라는 사람을 되돌아봤을 때.
그럴 수도 있겠다는 생각이 들었다.

나는 그리 좋은 사람이 아니니까,
내가 나를 그동안 속여왔던 것일 수도 있다고.
그런 진심이 은연중에 남편에게 드러났고
그로 인해 남편이 상처를 받았을 수도
있겠다고 생각했다.

남편은 내가 대화가 통하지 않는다고 느꼈는지
그 이후로는 묵묵부답이었다.

나는 아침까지 잠도 못 자고 고민했다.
정말 내 잘못이 무엇인지.
어디서부터 잘못된 것인지.

곰곰이 내 행동을 돌이켜 반성하라는 말에
내 바닥 깊숙이 들여다보며 나의 못난 점을 찾아다녔다.

나는 진심으로,

남편을 보면서 매일 그렇게 생각했다.

이 남자를 정말 행복하게 해주고 싶다.

이 사람을 행복한 남자로 만들어주고 싶다.

근데 결과가 이거였다.

내 뿌리 깊은 이기심으로 인해 남편을 상처 주는 것.

정말 잘해주고 싶었는데,

뜻대로 되지 않아 슬펐다.

내 말투 때문인가?

나는 왜 말을 이렇게 밖에 못 하나.

내 의도는 정말 그게 아닌데,

정말 어떻게 하면 좋을까.

내가 그렇게 노력했는데, 죽도록 원했는데.

내가 이렇게까지 사과하고 노력했는데도

전혀 나아지지 않고 나를 믿어주지 않고

더욱더 분노하는 남편을 보니,

정말 막막하고 참담하여

도무지 앞으로 나아갈 힘이 생기지 않았다.

날이 밝아오고,

창문 밖으로 빛이 들어오는데,

이제는 이 삶을

지속하고 싶지 않다는 생각이 들었다.

내가 그동안 정말 많이 노력했는데도

하나도 바뀌지 않는 이 현실이 너무 비참했다.

그래서 창문으로 뛰어내리려 했다.

진심으로.

그때 그런 생각이 들었다.

'그래. 죽는 것보단 이혼하는 게 낫지.'

아이러니하게도,

죽음을 결심하니 살고 싶은 의지가 생겼다.

남편과의 관계를 완전히 포기하기로 다짐하니,

오히려 관계를 회복하고 싶은 간절한 열망이 생겼다.

나는, 따뜻했던 우리의 지난날들과
사랑이라 불리기 충분했던 기억들이
격렬하게 나를 붙잡고 있음을 느낄 수 있었다.

포기하지 마.
너의 행복을 포기하지 마.

그날 나는 깨달았다.
앞으로 내가 정말로 행복하기 위해서는,
이 썩어빠진 고통의 굴레에
더 이상 매여 있어서는 안 된다는 것을.

그리고 나는 조금 더 단단해진 나를 느꼈다.

높은 산 정상에 다다랐다가 내려온 다음 날과 같이
뭐든지 할 수 있을 것 같은 기분이 들었다.

아픈 만큼 성숙해진다는 말처럼,

고통의 끝까지 자신을 내던진 이 경험은
내 마음의 뿌리를 단단하게 만들었다.

그리고 내 안에 여전히
삶에 대한 갈망이 있다는 것을,
행복하게 살아가고 싶다는
열망이 있다는 것을 깨달았다.

나는 방법을 찾아야 한다.
나를 지키고,
우리가 다시 행복할 수 있는
새로운 방법을.

〈관계를 바꾸는 팁 3〉

배우자에 대한 확신이 없을 때,
이 사람과 결혼을 결심한 이유를 떠올려보자.
그때의 나는 많은 고려 속에 최선의 선택을 했을 것이다.
그때의 나를 믿고, 조금 더 노력해보자.
하늘은 스스로 돕는 자를 돕는다.

자존심보다 더 소중한 것

그 날을 지금 돌이켜 보면 이런 생각이 든다.
회피형 남자와 회피형 여자의 전형적인 싸움,
그리고 파국.

우리는 '회피형 불안정 애착유형'의 사람들인데,
회피형은 기본적으로 자신은 긍정적으로,
타인은 부정적으로 인식하는 경향이 있다.

그래서 '남혐', '여혐'같이 특정 대상을 혐오하는 사상에
영향을 받을 확률이 높다.

우리 부부 또한 마찬가지였고,

나는 남자에 대한 뿌리 깊은 불신이,

남편은 여자에 대한 불신이 있었다.

우리는 살아가면서

서로에게는 어느 정도 신뢰가 쌓여

각자가 혐오하는 그런 행동은

하지 않는다는 것은 알았지만,

우리는 정서 기반에 단단하지 않은

불안정 애착유형의 사람이기에

상대방이 조금만 잘못해도

그 근본의 믿음이 무너져버리곤 한다.

'역시 내 말이 맞았어.'라고 생각해 버리는 것이다.

또, 나는 정서적인 유대감을

무시(회피)하는 경향이 있어서

듣는 사람의 감정을 헤아리며 말하는 것이 어렵다.

그래서 종종 배려 없는,

직설적인 말투가 자주 튀어나오곤 한다.

"내가 하루 종일 애 봤으니까 이제 오빠가 좀 봐."
나의 공격적인 이 말투는
남편을 비난하는 것처럼 들리기에 충분했다.

나의 피곤과 짜증이 섞인,
감정을 정제하지 못하고 한 발언으로 인해
남편은 감정이 상했고,
내 말의 의도도 왜곡되어 제대로 전달되지 못했다.

남편은 내 말을 듣고 반발심이 생겼다.
'그럼 나는 아무것도 안 한다고 생각하는 것인가?',
'가정을 위해 힘쓰는 자신의 노력을,
그저 당연한 일이라고 치부하는 것인가?'

남편은, 내가 이제껏 자신의 노동을
무가치하게 여겼다는 것에 깊이 분노했고,
부당하다고 여겼으며,
내 정신머리를 확실히 개선해야겠다고 여겼다.
자신의 미래를 위해서.

이런 행동은 신혼 때 하는 '초장 기싸움'과
비슷한 맥락이라고 볼 수 있을 것 같다.

남편은 반발심리로 이런 말들을 쏟아냈다.
"내가 벌어다 주는 돈이다."
"그 돈으로 네가 입고 쓰고 하는 거다"

평소 내가 알던 남편 성격으로는
절대 하지 않는 말들이었다.

그런데 남편의 육성으로 저런 말들을 들으니
나 또한 그동안의 신뢰가 다 무너졌다.

부부로서 서로 협력하는 관계가 아닌
내가 일방적으로 부양 당하는,
짐짝 같은 존재처럼 느껴졌다.

내가 집에서 육아를 전담하는 건
아무런 가치가 없으며
그동안 내 계획과 가치에 대해
남편과 나눴던 시간들이

다 무의미하게 느껴졌다.

우리는 서로에 대해 깊이 실망했고,
서로에게 화가 났다.

이 일로 인한 갈등은 극에 달해,
결국 이혼의 목전까지 갔던 것이다.

나는 이 일로 인해 두 가지 사실을 깨달았다.

우리는 서로의 감정에 대해서
직접적으로 표현하는 연습이 필요하다는 것.

그리고 이 일의 원인은
나의 말투에서 비롯되었다는 것이다.

나는 확실히 말투에 문제가 있다.

갈등을 일으키는 말투는 반드시 바꾸어야 한다.

하지만 말투를 바꾼다는 것은,

내가 살아온 과거, 가정환경, 나의 습관,

내 인생의 모든 것을 바꾸는 일이다.

그렇기에 말투를 바꾸기는 쉽지가 않다.

하지만 행복한 가정을 꾸리기 위해서는,

혹여, 이 사람이 아니라 다른 이를 만나더라도

내 말투를 바꾸지 않는다면

그로 인해 누군가를 상처 입힐 것이 분명했다.

나는 말투를 바꾸기로 했다.

자꾸만 삐져 나오는 내 자존심을 죽이고,

내 인생을 바꿔 보기로 했다.

나는 내 말투를 바꾸기 위해

나의 습관을 돌이켜보고,

내 습관이 형성된 과거를 거슬러 올라가
원가족의 문제를 들쑤시며
애착 관계도 바로잡으려 애썼다.

그것은 나름으로 성과도 있었다.
내 삶의 많은 부분이 달라졌다.

하지만 마음속 깊숙이,
내가 나의 본성을 해치고 있다는
나를 사랑하지 못하고 있다는 생각은 변함이 없었다.

나를 억누를수록,
나에 대한 죄책감은 더욱 커져만 갔다.

하지만 바뀌어 가고 있는 내 모습이 좋고,
또 그게 옳다는 것을 알기에
억울하지만 참고,
막막하지만 인내하며
'나를 버리는 것만이 옳은 길이다' 라는 것을
상기시키며 지내왔다.

나는 자존심도 버렸다.

행복한 나의 미래를 위해서.

그런데 자꾸 억울하다.

반발심이 생긴다.

그게 너무 괴롭다.

정말 많은 에너지가 소비된다.

자존심이라는 게 대체 무엇이기에

나를 이렇게 힘들게 할까?

자존심은 자신을 높이 세우는 마음이다.

자존심이 상할 때는,

주로 자신의 가치나 존엄이 무시당하거나,

손상된다고 느낄 때 상처를 받는다고 한다.

그런데, 내가 바꾸고자 하는 건 말투 뿐인데,

왜 자존심이 상할까?

이상했다.

말투는 자신이 살아온 배경과 환경에서
비롯되는 습관일 뿐인데
그것 자체를 내 자존심이라고 여긴다는 게.

습관은 필요에 따라서
충분히 바꿀 수 있는 영역인데,
왜 나는 내 과거의 습관을
내 자존심과 연결 짓고 있었던 걸까?

나는 깨달았다.

내가 다른 사람에게
"나는 원래 이런 사람이야" 라고 말하며
자존심을 세우고 있었음을.

내가 자존심을 세우는 행동,
즉 내 과거를 정당화하며
자신의 행동을 합리화하는 내 태도가,
상대방과 화합하지 못하게 하는

원인이었다는 것을 깨달았다.

나는 **자존심과 내 행동습관을 분리**하기로 했다.

나는 내 자존심,
내 자아를 버린다고 생각했지만,
사실상 내가 당연하게 여겼던
관습을 버리는 것이었다.

나를 버리는 것은 슬프다.

하지만 내가 살아온 옛 관습을 버리는 것은
그리 슬픈 일이 아니다.

옛 관습으로 인해
내가 상대방과 화합하지 못하게 된다면
나는 얼마든지 버려도 괜찮다고 생각한다.

썩어져 가는 옛 관습을 버리는 것.

그것은 나를 버리는 것도 아니고,
내 자존심을 버리는 것도 아니다.

그저 나의 어그러졌던 과거를 바로잡는 것뿐이며
나의 행복을 앞당기는 용감한 일이 될 것이다.

〈관계를 바꾸는 팁 4〉

부부관계의 변화를 위해 자신을 바꾸려고 할 때,
상대방을 위한다고 생각하면 반발심과 피해의식이 들 수 있다.
행복을 위한 관계의 변화는 상대방을 위한 것이 아니다.
그저 하나뿐인 나의 인생을 더욱 가치있게 살아가려는,
나의 행복을 위한 일일 뿐이다.
자신의 질적인 변화와 성장에만 집중하자.

남편의 말을 곧이곧대로 듣지 말자

"내가 벌어온 내 돈으로 네가 입고 쓰고 하는 거다."

남편의 이 말은,
마치 나는 아무런 가치가 없는 사람이며,
나를 집에서 밥만 축내고 있는
식충이처럼 느껴지게 했다.

'너는 집에서 놀고 있잖아.'
'너에게 주는 돈이 아까워.'
'너는 옷을 쓸데없이 많이 사.'

'너는 사치가 심해.'

남편의 말에서 파생된 단어 하나하나가
점점 몸집을 부풀려 나를 공격했다.
내 가슴을 후벼 파고 내 심장을 찔렀다.
나는 그 문장 하나하나에
씻을 수 없는 깊은 생채기가 생겼다.

나는 참담하고 슬픈 마음에
상담하는 친구에게 이 이야기를 털어놓았다.

그 친구는 나의 말을 듣더니
곰곰이 생각하다가 이렇게 말했다.

"남편이 하는 말을 곧이곧대로 듣지 마.
남편은 그 의도가 아닐 수도 있어."

나는 그 말을 듣고 약간 혼란스러웠다.
나는 말을 곧이곧대로 듣는 성격이기 때문이다.
하지만 남편이 다른 의도가 있을 수도 있다고 생각하니,

내가 뭔가 남편을 오해하고 있진 않는지
상황을 다시 돌아보게 되었다.

먼저, 내가 알던 남편의 모습을 다시 떠올려보았다.
남편이 진짜 평소에 나를
식충이취급을 했던가?
남편이 단 한번이라도
나를 그런 식으로 대한 적이 있던가?

행여나 그렇게 대한 적이 있다고 하더라도
그동안 남편이 내게 했던 좋은 행동들이
그것을 상쇄할만한 수준인가?

내가 지금 서운한 감정 혹은
나의 자격지심 때문에
상황을 더욱 부풀리고 있는 것은 아닌가?
그 상황에서 남편이 느꼈던 감정은 무엇이었으며
나에게 어떤 말을 하고 싶었던 걸까?

그때, 남편의 말로 인해 상처를 받았던

수많은 일이 스쳐 지나갔다.
그리고 깊은 깨달음을 얻었다.

남편은 그동안 '반발심리'로
자신의 억울함을 이야기하고 있었을 뿐,
나를 아프게 하려는 의도가 아니었을 수도 있겠구나.

그리고 나는 상대의 의도를 잘 파악하지 못하고
단어에 집착하는 경향을 보이는 특성으로 인해,
남편의 말을 단어 하나하나 곧이곧대로 받아들여
그 속에 있는 남편의 진짜 의도를 놓쳤던 거였다.

나를 상처 주려는 의도가 아니었다면,
내가 괜히 상처를 받을 이유는 없다.

그저 자신의 억울함을 말하고 싶었더라면
남편의 그 억울한 감정만 받아들이면 될 일이었다.

하지만 그렇다고 해서 내 잘못만 있는 것은 아니다.
남편의 행동은 나를 오해시키기 충분했기 때문이다.

상처 주려는 의도가 담겨있지 않았다고 해서
내가 상처를 안 받았다는 것은 아니니까.

남편도 자신의 감정을
올바르게 표현하는 방법을 잘 알지 못한다.

아무리 반발심리로
진심이 아닌 말을 했다고 하더라도,
상대에게 상처를 줄 수 있는 방식은,
바꿔야 하는 게 맞다고 생각한다.

하지만 그것은 남편의 영역이고,
내가 원한다고 쉽게 바꿀 수 있는 문제도 아니다.

내가 할 수 있는 가장 빠른 방법은
남편이 자신을 방어하기 위해
과장되거나 왜곡된 표현을 할 때,
그것을 빨리 알아차리고
남편의 진짜 의도를 찾는 것이다.

하지만 남편의 진짜의도를 찾는 것은 쉽지 않다.

나는 남편이 그러한 행동을 보일 때,
남편의 왜곡된 말에 더욱 혼란스러워지고,
앞뒤가 다른 모습에 남편을 불신하게 된다.

나는 이 문제를 극복해야 할 필요성을 느꼈다.

만약 우리 관계가 이대로 지속된다면,
우리는 서로에게 신뢰를
쌓을 수 없을 것 같았기 때문이다.

나는 남편이 왜 반발심에 과장된 말까지 하는지,
그 이유에 대해 생각해 보았다.

'반발심'은 상대의 말이나 행동이
자신의 가치를 위협한다고 느낄 때 생긴다고 한다.

그리고 '과장된 말'을 하는 이유는,
자신의 마음이 상대에게

충분히 전달되지 않을 것 같을 때,
자신의 의도를 더욱 강렬하게 전달하기 위해
사용한다고 한다.

지난 상황을 되짚어보면,
내가 자신의 노동을 무시한다고 생각했던 남편은
강한 반발심이 들었고
자신이 얼마나 열심히 일하고 있는지,
그 가치가 얼마나 귀한 것인지
나에게 상기시키고 싶었던 것 같다.

그래서 "내가 벌어온 돈으로 네가 입고 쓰고 한다." 라며
자기 생각을 과장해서 표현한 것이다.

당시 나는 이 말을
"너는 아무것도 하지 않는 존재다"라고
말하는 것처럼 받아들였지만,

사실 남편은 "내가 열심히 일한 걸 알아줘",
"내가 우리를 위해 얼마나 노력하고 있는지 봐줘"라고
말하고 싶었던 것이다.

나는 남편의 말로 인해 상처를 받았다.

하지만 남편은 나에게
상처를 주려는 의도는 아니었다.

그저 강한 말과 어조로
자신의 생각을 주장하기 위해
자신이 익숙한 자극적인 말을 선택했던 것이다.

자신의 '진짜 의도'는 숨긴 채로.

남편의 말을 곧이곧대로 받아들이지 않고,
그 속에 숨겨진 진짜 감정을 이해하려면
다음과 같은 노력이 필요하다.

상대방의 말에서 진짜의도를 찾는 방법

(1) 말의 맥락을 이해하라

남편의 말이 나온 상황을 떠올리며,

그의 감정 상태를 추측한다.

예) 남편이 피곤하거나 스트레스가 많은 날이었다면,

그의 말에 과장이 섞여 있을 가능성이 크다.

(2) 반발심을 수용하라

남편이 반발심을 드러냈을 때,

그 말 자체보다 그 뒤에 숨겨진 감정을 살핀다.

예) "그는 지금 자신의 노력이 무시당한다고 느낀 건 아닐까?"

(3) 내 감정을 인정하라

남편의 말을 곧이곧대로 받아들이지 않으면서도,

내가 느낀 감정은 부정하지 않는다.

예) "오빠, 그 말을 들었을 때 서운했어. 그런데 오빠도 힘들었을 것 같아."

(4) 직접적으로 감정을 묻는다

남편이 반발심리로 과장된 말을 할 때,

"왜 그런 말을 했어?"라고 묻기보다,

열린 질문을 통해 상대방의 감정을 물으면 좋다.

그러한 질문은 남편이 방어적으로 반응하지 않고,

자신의 감정을 조금씩 꺼낼 수 있도록 돕고,

상대에게 당신을 이해하려고 노력하고 있다는

느낌을 주기도 한다.

예) "오빠, 그 말할 때 무슨 생각이었어?"

"무슨 뜻으로 한 말인지 조금만 더 설명해 줄 수 있어?"

상대방의 진짜의도를 찾는 노력은
상대가 아닌 나 자신을 위해서 꼭 필요하다.

상대방이 나를 공격하려는 것이 아니라,
그의 마음속에 자신을 알아달라는
어떠한 감정이 있다는 걸 깨닫게 될 때,
깊었던 상처가 조금씩 아물어 갈 것이다.

〈관계를 바꾸는 팁 5〉

"왜 그렇게 했어?"라고 묻지 말라.
'왜?'라는 말은 상대를 추궁하고 비난하는 것처럼 들리게 한다.
상대방의 반발심리를 부추겨 싸움으로 번질 수도 있다.
왜라고 묻기 보다 자신의 감정을 솔직하게 말하는 것이
상대방과의 소통에 훨씬 도움이 된다.

토론대회 중단하기

남편과 이야기를 하다 보면,
종종 누가 더 옳은지를 따지는
'토론대회'가 되어버리곤 한다

단순히 내 의견과 감정을 나누고 싶었던
처음의 바람과 달리,
남편을 논리로 설득해야만 하는 광경이 펼쳐지곤 한다.

실제로 남편과 했던 토론대회 중
강렬하게 기억에 남았던 일화를 소개한다.

<**포기 사건**>

아내: 부모로서 만족하고 포기하는 법도 가르쳐야 해.

남편: 무조건 시도도해보지 않고 포기하라고 하는 건 부모로서 가져야 할 자세가 아니야.

아내: 시도도 하지 말고 포기하라는 것이 아니라, 때로는 그냥 포기해야 하는 상황이 있을 수 있다는 걸 말하는 거야.

남편: 그래도 나는 아이에게 포기하라고 가르치는 것은 별로야.

어쩌면 우리의 대화는 여기서 멈춰야 했을지도 모른다.

하지만 나는 남편에게 나의 양육관을 공유하고 싶었다.

또 남편이 내 생각을 이해하지 못하고 있다는 생각이 들었고, 남편이 내 말을 잘 이해할 수 있도록 구체적인 예시를 들며 설명을 이어갔다.

아내: 아기가 억지를 부리는 상황이 있을 수도 있잖아. 만약 아기가 우주여행을 가고 싶다고 떼를 쓴다면 부모가 현실적인 상황을 알려주고 포기시켜야 하지 않을까?

남편: 그래도 난 자식이 우주여행 갈 수 있도록 최선을 다하

는 것이 부모의 역할이라고 생각해.

나는 남편의 말에 어느 정도 동의했다.

하지만 남편이 지금 나에게 하는 주장은, 내가 말하고자 하는 바는 아니었다.

나는 단순히 어쩔 수 없이 포기를 해야 하는 상황에서 포기를 하는 것을 말하는 것이지, 남편이 말하는 것처럼 해보지도 않고 포기하라고 말하는 것이 아니었기 때문이다.

나는 남편이 내 주장을 조금 더 이해해주기를 바라는 마음에서 다음 예시를 들며 대화를 이어갔다.

아내: 그렇다면, 예를 들어서 유부남을 만나면 어떡해. 그런 상황에서는 자식에게 포기하라고 해야 하는 거 아니야?

남편: 그거는 예시 자체가 잘못됐잖아. 그거는 애초에 시도조차 하면 안 되는 행동이야.

아내: 그러니까 예를 들어서 말하는 거잖아. 그런 행동을 하면 포기하라고 해야 하지 않겠어?

남편: 아니. 그것 애초에 시도조차 하면 안 되는 행동이기 때문에 예시가 틀린 거야.

아내: 알겠어. 그럼 아기가 위험한 곳에 올라가서 뛰어내리

려고 할 때, 포기하고 내려오라고 해야 하지 않겠어?

남편: 그건 애초에 그런 일이 일어나지 않도록 교육을 하는 게 먼저지.

아내: 당연히 그렇겠지만, 이미 그런 일이 일어났을 때는 포기를 가르쳐야 하는 거잖아.

남편: 아니야. 그런 상황에서는 애초에 그런 일이 일어나지 않도록 해야 하는 것이고, 포기하는 것과는 예가 적절하지 않아.

나는 남편이 내 말을 이해하려 하지 않고 무작정 반박만 한다고 생각해서 매우 답답했다.

나는 자신의 주장을 틀렸다고 말하지 않는데, 남편은 왜 자꾸 나의 주장을 부정하는 걸까?

나는 기분도 나빴지만, 남편에게 공감 받지 못한다는 생각이 들어 서운하기까지 했다.

하지만 남편과 이야기할 당시에는 나도 남편의 말에 반박하기에 바빴다.

예가 적절하지 않다는 말에 적절한 예를 찾기 위해 노력했고, 어떻게 하면 내 주장을 남편이 확실히 알아들을 수 있을지, 직관적으로 설명할 수 있는 방법만 고민했다.

남편과 한동안 비슷한 논쟁이 오간 후, 나는 서로가 '포기'라는 단어를 다르게 사용하고 있다는 것을 깨달았다.

남편은 포기라는 단어를 내 생각보다 좀 더 극단적이고 부정적으로 인식하는 것 같았다.

그렇기 때문에 내가 포기라는 단어를 사용했을 때 더 반감이 들었던 건 아닐까 생각했다.

나는 이 부분을 바로잡고 싶어서 남편에게 말했다.

아내: 내가 말하고 싶은 건 시도도 하지 말고 포기하라는 것이 아니었어. 단순히 '고집을 멈추고 행동을 포기하는 것'을 말한 거였다고. 오빠가 내 말을 오해한 것 같아.

남편이 내 말에 반박하려고만 한다고 생각해서 정말 답답했었는데, 우리가 서로 포기라는 단어를 다르게 생각하고 있어서 그랬다고 생각하니 이제 안심이 되었다.

이 길고 길었던 논쟁이 이제는 마무리가 될 것이라는 희망이 보이기 시작했다.

하지만, 내 말을 들은 남편은 의외의 반응을 보였다.

그는 약간 기분이 상한 것처럼 나에게 말했다.

남편: 그런데, 내가 네 말을 오해했다고 생각했으면 "내 말은 그게 아니라" 하며 설명하는 투로 상황을 설명했을 텐데, 유부남 예시까지 들면서 내 말을 반박한 것을 보면 너는 내 해석이 틀렸다고 생각한 거 아니야?

아내: ……? 그래 맞아. 오빠의 해석이 틀렸다고 생각해서 반박한 거라고 볼 수 있지.

남편: 아니, 처음에는 오해했다고 느껴서 반박을 했다고 말을 해놓고, 지금에서 와서는 나의 해석이 틀려서 반박했다고 말하는 거야?

아내: 도대체 무슨 말을 하고 싶은 거야?

남편: 나는 우리가 의견조율을 했다고 생각했는데, 너는 진실공방을 했던 거였어? 그럼 이제까지 한 대화가 전부 그런 의미였다는 거야?

나는 상당히 당황스러웠다.

남편이 갑자기 나를 자기를 비난하는 사람으로 만든다는 생각이 들었다.

나는 그저 부모로서 육아관이 통일되었으면 하는 마음에 남편에게 내 의견을 관철시키기를 원했던 건데, 남편이 갑자기 나를 비난하며 '내 말만 맞다고 주장하는 사람'처럼 만들어버리는 것 같았다.

하지만 나는 이미 4시간 동안 의도치 않은 갈등이 지속된 상황에 노출되어 있었기 때문에 심신이 지친 상태였다. 나는 감정이 모두 소진된 상태에서 또 다른 논쟁이 시작될 것 같은 극한의 공포감이 느껴졌다.

나는 남편과 하는 이러한 끝도 없는 논쟁이 끔찍하게 싫다.

나는 급격한 스트레스를 받았고,
남편의 대답에 유도당했다는 사실에 자책했다.

급기야 나는 내 입을 때리고 뺨을 때리는
자해를 하기까지 이르렀다.

이 대화에서 서로의 입장은,

나는 부모로서 아이가 고집부리는 상황에서
스스로 멈출 수 있게 가르쳐야 해야 한다는 것이었고,

남편은 부모로서 마땅히 아이에게 최선을 다해야 한다는
것이었다.

이것은 사실 서로 상충되는 의견은 아니었다.

하지만 우리는 협의점을 찾지 못했고,
이로 인해 갈등의 골이 더욱 깊어지는 결과를 낳았다.

이 대화에서 나타나는 우리 부부의 문제점을 자세히 살펴
보면 이렇다.

〈나의 문제점〉

논쟁에서 이기려는 태도

자신의 의견이 옳음을 증명하려고 논리적으로 반박하며 논쟁을 계속 이어 감. 남편의 말을 깊이 이해하기보다, 자신의 입장을 강화하려는 데 집중함.

논점 이동과 극단적인 예시

남편의 의견을 반박하기 위해 극단적인 예시(유부남, 위험한 행동 등)를 사용하며 상대의 반발심을 불러일으킴. 이는 본질적인 문제에서 벗어나 새로운 논쟁을 불러일으키게 하였음.

감정적 피로와 대화 중단 부족

갈등이 길어지는 상황에서도 대화를 멈추지 않고 지속하며 스스로를 극한으로 몰아 감. 대화 중 자신의 감정 상태를 충분히 돌보지 않음.

<남편의 문제점>

논리적으로 우위를 점하려는 태도

자신의 논리가 맞음을 증명하려고 상대방의 말에 계속 반박하며 논쟁을 지속함. 아내의 감정이나 의도보다는 자신의 의견을 고수하는 데 집중함.

감정 인정 부족

아내의 의견이나 감정을 충분히 인정하거나 공감하지 않음. 대화 중 논리적인 반박에만 치중하며, 아내가 느끼는 상처를 간과함.

논점 회피와 논쟁 집착

논점과 관련 없는 새로운 문제를 제기하거나, 기존 대화의 결론을 재논쟁함. 대화를 해결보다는 '진실'을 밝히는 과정으로 만들어 버림.

우리 두 사람 모두

'**논리적 우위**'에 집착하는 특성이 있다.

이런 상황이 반복될 경우,

부부는 서로 공감 받지 못한다고 여기며

서로 간의 신뢰를 떨어뜨리게 된다.

서로를 신뢰하지 못하게 만들고

부부의 대화를 끝없는 토론의 장으로 만드는

이러한 태도는,

건강한 부부관계 절대 도움이 되지 않는다.

부부간의 토론대회는

반드시 중단되어야만 한다.

이를 실행시키는 구체적인 몇 가지 방법을 소개한다.

토론 대회를 중단시키는 방법

(1) 논점 이동을 멈춰라

논쟁이 길어지는 주요 원인 중 하나는 대화 중 논점이 흐트러지거나 과거의 문제로 돌아가는 것이다. 이를 방지하려면 자신의 의견을 뒷받침하려 극단적인 예시(유부남, 위험한 행동 등)를 드는 행동을 멈추고, 대화 주제를 다시 상기시켜 부드럽게 다시 초점을 맞추는 훈련이 필요하다.

예시) "방금 내가 든 예시는 잠시 주제에 벗어났던 것 같아. 미안해."

"우리가 지금 이야기하고 있는 건 포기의 의미야. 다른 주제는 나중에 이야기하자."

(2) 감정을 인정하며 대화하라

논리적으로 반박하기 전에 상대방의 감정을 먼저 인정하면, 갈등을 줄이고 상대의 방어적 태도를 낮출 수 있다. 대화 중간중간 상대의 이야기를 그대로 요약해 주면 상대방을 이해하려고 한다는 느낌을 줄 수 있다.

예시) "오빠가 그렇게 생각하는 이유를 알겠어. 나는 조금 다른 관점에서 이야기하려고 했던 거야."

"오빠 말은 아이가 포기 대신 도전하는 법을 배우는 게 더 중요하다는 거지?"

(3) '승리'를 내려놓아라

논쟁에서 누가 옳고 그른지를 판단하려 하지 말고, 둘 다 함께 공감할 수 있는 결론을 찾는 데 집중해야 한다. 논쟁이 격해질 경우, "우리 중 누가 옳은지는 중요하지 않다"는 점을 서로 되새기며, 대화의 목적을 문제 해결로 전환한다.

예시) "우리가 둘 다 맞는 말을 하고 있는 것 같아. 그럼 이걸 어떻게 조화시킬 수 있을지 이야기해 볼까?"

"내가 꼭 이기려고 말하는 게 아니라, 우리가 아이를 위해 어떤 방법이 가장 좋을지 고민하려는 거야."

(4) 갈등을 잠시 멈출 용기를 가져라

갈등이 격해지고 감정이 고조될 때는 대화를 잠시 멈추고 진정한 후 다시 시작해야 한다. 자신의 감정을 인식하지 못하고 갈등상황에 계속 노출되면 자해행동처럼 건강하지 못한 방식으로 감정이 폭발할 수 있다. 대화를 잠시 멈추는 동안 각자 자신의 감정과 논점을 정리하며 꼭 다시 대화에 임해야 한다.

예시) "우리 둘 다 지금 감정이 많이 격해진 것 같아. 잠시만 쉬었다가 다시 이야기하자."

"내가 지금 화가 나서 좋은 대화를 할 수 없을 것 같아. 10분 뒤에 다시 이야기할까?"

(5) 논리 대신 경험을 공유하라

논리를 앞세우는 대신, 자신의 경험과 감정을 공유하면 상대방이 방어적인 태도를 덜 취할 수 있다. "내 생각은 이래." 대신 "내 경험으로는 이랬어."로 시작하여 대화의 분위기를 부드럽게 만들어 준다.

예시) "내가 어릴 때 부모님이 포기하라고 한 적이 있었는데, 그때는 정말 힘들었어. 그래서 지금은 아이에게 그런 상황을 겪게 하고 싶지 않다는 마음이야."

"나는 가끔 아이가 무리한 고집을 부리면, 그냥 포기하고 멈추는 것도 가르쳐야 하지 않을까 하는 생각이 들어."

(6) 상대방의 긍정적인 면을 칭찬하기

논쟁 중이라도 상대방의 긍정적인 점을 칭찬하면 갈등이 줄어든다. 대화를 시작할 때나 중간에 긍정적인 면을 언급하며, 상대가 감정적으로 열리지 못할 상황을 예방하면 좋다.

예시) "오빠가 아이에게 최선을 다하려고 하는 모습은 정말 존경스러워."

"오빠의 의견을 들으니, 아이를 진심으로 생각하는 마음이 느껴져서 고마워."

(7) 대화를 요약하며 마무리 짓기

대화가 끝날 때쯤, 상대의 의견과 자신의 의견을 요약하며 서로 합의점을 확인한다. 서로 합의한 내용을 짧게 요약하며 긍정적인 결론으로 대화를 마무리한다.

예시) "오늘은 우리가 포기에 대해 이야기했는데, 오빠는 최선을 다하는 게 중요하다고 했고, 나는 때로는 멈추는 것도 가르쳐야 한다고 했어. 둘 다 중요한 이야기인 것 같아. 다음에 이걸 더 구체적으로 얘기해 보자."

이 7가지 방법 중에 내가 가장 중요하게 생각하는 2가지 핵심은 이것이다.

- 감정을 인정하고 공감하는 태도를 가져야 한다
- 논점 이동을 멈추며 승리를 내려놓아야 한다

부부는 갈등을 낳는 대화가 아닌,
이해를 낳는 대화를 해야 한다.

서로의 감정을 인정하고, 대화의 본질에 집중할 때,
대화는 비로소 소통의 도구가 될 수 있다.

한 발 물러나 상대를 바라보는 용기.

그것은 단순히 상대를 봐주는 일이 아니라,
우리 관계를 더 나은 방향으로 이끄는 첫걸음이다.

〈관계를 바꾸는 팁 6〉

용기있는 자가 승리를 내려 놓는다.
부부관계는 자존심 싸움하는 관계가 아니라는 것을 명심하라.

부부싸움을 부르는 최수종 어록

"당신이 그랬다면 그럴 만한 이유가 있었겠지요."

최수종씨가 '부부'를 19글자로 표현한 말이라고 한다.

저 19글자 말 한마디에
부부간의 존중과 사랑, 신뢰가 고스란히 느껴졌다.

저 말이 내 가슴에 사무친다.
나도 남편에게 저런 말을 들을 수 있다면
얼마나 행복할까?

하지만 내 옆에 있는 이 남자는
이 말의 의미를 알고 있을까?

나는 남편에게 최수종 씨의 발언을 들려줘 보았다.
"오빠는 저 말에 대해 어떻게 생각해?"

남편은 그 말을 듣고 혀를 내두르며 말했다.
"저 말은 완전히 열반에 이른 사람의 말인데?"

내가 너무 기대를 한 탓일까?
남편의 대답은 다소 실망스러웠다.
그리고 약간 기분이 상하기까지 했다.

순간 나는 남편의 말이
내가 전혀 현실성 없는 말을 한다는 것처럼 느껴졌고,
남편이 자신과는 상관없는 말이라며
선을 긋는 것처럼 느껴졌다.

나는 남편에게 꼭 저 말을 듣고 싶었는데,
역시, 남편은 나를 이해해줄 사람은
아니라는 생각이 들었다.

남편은 왜 나를 받아주기를 거부할까?
남편이 거부적 유형의 회피형이기 때문일까?

만약 남편이 자신이 회피형이라는 것을 알게 된다면
지금보다는 좀 더 나아지려고 노력하지 않을까?

하지만 직접적으로 "너 회피형이야!" 라고 말하면
분명히 남편은 기분 나빠할 것 같았다.

하지만 약간 돌려서 말해보면 어떨까 싶어 입을 열었다.

나는 남편의 회피형 특성을 참고해
작성한 글을 읽어줘 보았다.

> … 내 남편은 독립성을 추구하는 회피형이라서,
> 상대방이 부정적인 감정을 표출하는 것에 대해 부담스러워한다.

남편은 역시나 반색하며 말했다.
"말도 안 돼. 그냥 내 성격일 뿐인데, 너무 회피형인 것처럼
끼워 맞추는 거 아니야?"

예상했던 일이었다.

괜한 일을 하는 건 아닌가 하는 생각이 들었지만,
나는 멈추지 않고 다른 방식으로 물었다.
"그럼 부부 사이에는 서로 부정적인 감정도 나눠야 한다는
건 어떻게 생각해?"

남편은 말했다.
"부정적인 감정을 상대방에게 표출하는 건 부부간을 떠나
서 사람 간의 예의가 아니야. 네가 화를 내면 내가 부당하고
생각해도 그 화를 다 받아줘야 한다는 거야?"

나는 남편의 말을 듣고 서운한 마음이 들었다.
"부부간에 화 좀 받아 줄 수도 있는 거 아니야?"

남편은 아랑곳하지 않고
그런 행동은 사랑하는 사이에서는
더더욱 하면 안 되는 행동이라고
재차 강조해서 말했다.

자신이 부당한 상황이라면,
절대 나를 품어주지 않겠다고 말하는 남편.

남편의 그 말을 들으니, 내가 실수라도 한다면
언제든지 남편에게 내쳐질 것 같은 불안감이 들었다.

이런 사람과 평생을 산다면,
내 앞으로의 삶이 과연 행복할 수 있을까?

나는,
"당신이 그랬다면 그럴만한 이유가 있었겠다." 따위의 말은
평생 들어보지 못하겠다는 확신이 들기 시작했다.

이날은 큰 싸움은 하진 않고,
약간 기분 상한 상태로 마무리되긴 했지만,
그날 이후로 내 마음속에 남은 물음은
쉽게 사라지지 않았다.

왜 우리는 마음을 나누는 대화를 못할까?

나는 우리의 대화를 다시 되짚어보다가,
새로운 사실을 깨달았다.

내가 남편이 계속 싫다고 주장했던,
'대답을 정해놓고 강요하는 듯한 대화'를 시도했다는 걸.

남편은 나에게
'대답을 정해놓고 강요하는 듯한 대화'가 싫다고
여러 번 이야기했었다.

그렇지만 나는 그 말을 꼭 들어보고 싶은데,
이런 대답은 절대 강요해서는 안 됐던 걸까?

남편 말처럼, 듣고 싶은 대답을 정해놓고 하는 대화는 정녕
부부간에 하면 안되는 것일까?

그래도 나는 화도 안 내고 최대한 좋게
남편에게 말했다고 생각했는데,
단순히 좋은 어조로 말한다고 해서

그게 좋은 대화는 아니었나보다.

좋은 대화를 하는 것은 참 어렵다.
나는 방법을 도무지 알 수 없어 답답했다.

며칠 후, 정신과 상담이 있는 날,
나는 의사 선생님께 이 이야기를 털어놓았다.

최근에 남편과 대화를 할 때,
좋은 마음으로 시작했다고 생각했는데
돌이켜보니 내가 먼저
남편의 감정을 상하게 했던 것 같다고,
하지만 어떻게 대화를 해야 할지
도무지 방법을 모르겠다고 말했다.

의사 선생님은 내게 **비폭력 대화**(NVC)라는 대화법을 알려
주었다.

비폭력 대화(Nonviolent Communication)는
상대방과 나 자신을 존중하며
갈등을 해결하거나 소통하기 위한 대화법이다.

상대를 비난하거나 평가하지 않고,
내 감정과 욕구를 솔직히 표현한 뒤
구체적으로 요청하는 방식이라고 한다.

나는 그동안 내가 애타게 찾았던,
나에게 꼭 필요한 대화법이라는 생각이 들었다.

이 비폭력대화법으로
내가 오랫동안 고민해왔던 남편과의 의사소통 문제를
아주 효과적으로 해결할 수 있을 것 같다는
희망이 생겼다.

나는 비폭력 대화를 공부하면서,
우리가 싸울 수밖에 없었던 이유를 알았다.

내가 말하는 방식은 비폭력대화법과
완전히 반대되는 대화법이었던 것이다.

나는 이번 <최수종 어록 강요사건>에서,
남편이 회피형이라는 사실에만 매몰되어
남편은 이런 말을 당연히 할 수 없는 사람이라고
미리 판단을 내렸다.

그리고 처음에 내 감정을 전혀 이야기하지 않은 채
상대방의 의견만을 물어보는 방식으로 질문을 했다.

나는 '남편에게 저 말을 듣고 싶다'라는
내 욕구를 전혀 표현하지 않았고,
모든 상황을 뭉뚱그려
'저 말이 맞으니 인정하라'는 식으로 결론을 짓고
남편에게 대답을 강요했다.

내 말이 남편에게 얼마나 폭력적이었을까?

나는 내 방식으로만 대화하면서
그걸 맞춰주지 못한 남편을 원망하며
더 큰 갈등을 만들었던 거다.

앞선 사건에 비폭력 대화를 적용하면 이렇다.

(1) 상황을 있는 그대로 관찰하기

→ 남편이 부정적인 감정을 나누는 것은 사람의 도리가 아니라고 말했다.

(2) 상황에서 느껴지는 감정을 알아차리기

→ 나는 남편이 나를 받아주지 않고, 언제든지 버릴 수 있을 것 같아 불안하다.

(3) 진짜 욕구 찾기

→ 남편에게 신뢰와 사랑을 받고 싶다.

(4) 부탁하기

→ "오빠가 그렇게 말하니, 마치 내가 실수를 하면 오빠가 나를 버릴 수도 있겠다는 생각이 들어서 슬프고 불안해. 내가 혹시나 오빠를 힘들게 하는 실수를 하더라도, 나를 좀만 더 믿어주고 기다려주면 안 될까? 나는 오빠에게 더 나은 사람이 되고 싶어."

이처럼, 내가 만약 비폭력 대화의 방식으로 말을 했다면, 우리 부부의 관계는 더욱 발전되는 방향으로 나아갔을지도 모른다.

'아' 다르고 '어' 다르다는 말이 있다.

대화의 기술에 따라 결과가 달라질 수도 있다는 뜻이다.

좋은 관계를 원한다면,

좋은 대화를 하기 위해 노력해야 한다.

비난보다 공감을 우선으로 하고,

자신의 욕구와 감정을 솔직하게 말하는 것은

상대의 마음을 열게 하는 좋은 대화이다.

좋은 대화는 연습에서 나온다.

꾸준한 연습을 통해 대화의 기술을 발전시켜 나가면

언젠가는 분명히 마음을 나누는 대화를

자연스럽게 할 수 있을 것이다.

〈관계를 바꾸는 팁 7〉

비폭력대화법이 생소하고 어렵다면, 이 두 가지만 기억하자.

1. 함부로 판단하지 않기

2. 내감정을 솔직하게 말하기

비폭력대화법의 핵심 원칙

1. 판단하지 않기

상대방을 비난하거나 평가하지 않고,
있는 그대로 받아들인다.

2. 감정과 욕구 연결하기

자신의 감정을 인식하고, 그 감정이
어떤 욕구에서 비롯되었는지 깨닫는다.

3. 책임 의식 가지기

자신의 감정은 타인 때문이 아니라
자신의 욕구가 충족되지 않았기 때문임을
이해한다.

4. 공감과 경청

상대방의 말을 듣고, 상대의 감정과
욕구를 이해하려고 노력한다.

평화로운 부부 관계의 시작 : 비폭력대화 연습하기

실생활에서 흔히 발생할 수 있는

부부 간 갈등 상황에서 비폭력대화법을 적용하면,

감정을 평화롭게 전달하고

갈등을 효과적으로 해결할 수 있다.

다음은 비폭력대화법의

관찰, 감정, 욕구, 부탁의 4단계를 바탕으로

갈등 상황을 해결한 4가지 사례다.

비폭력대화법 4가지 예시

(1) 남편이 퇴근 후 집안일을 전혀 도와주지 않을 때

> 저녁 준비와 설거지를 모두 마쳤다. 거실에서 TV를 보며 쉬고 있는 남편을 보니 속으로 짜증이 올라온다. '나는 이렇게 바쁘게 움직이는데 왜 저 사람은 도와줄 생각조차 하지 않을까?' 라는 생각이 든다

갈등을 부르는 대화법

"여보, 지금 뭐 해?"

"왜?"

"왜긴, 내가 이렇게 다 해놓고 설거지까지 하는데 당신은 TV만 보고 있으니까 그렇지."

"나도 온종일 일하고 왔잖아. 좀 쉬면 안 돼?"

"그럼 나는? 나는 하루 종일 일 안 했어? 당신은 진짜 나 혼자 다 하라고 내버려두네."

"또 시작이네. 그럼 네가 나가서 돈 벌어오라고. 집안일 싫으면."

비폭력대화법

설거지를 끝내고 남편 옆에 앉아 차분히 물어본다.

"당신, 오늘 하루 힘들었지?"

남편이 피곤한 얼굴로 고개를 끄덕인다.

나는 감정을 담아 말한다.

"나도 오늘 온종일 집안일을 하느라 지쳤어. 당신이 저녁 설거지를 좀 도와줬으면 좋겠어. 함께 하면 나도 좀 힘이 날 것 같아."

남편이 잠시 머뭇거리며 말한다.

"알겠어. 그런데 나도 조금 쉬었다가 설거지하면 안 될까?"

나는 웃으며 대답한다.

"물론이지. 잠깐 쉬고 도와줘. 고마워."

결론

남편이 바로 설거지를 도와주진 않지만, 나의 요청을 받아들인다. 덕분에 갈등 없이 서로의 입장을 이해하며 대화를 마무리한다.

(2) 남편이 내 이야기에 무관심할 때

저녁 식사 후, 나는 오늘 회사에서 있었던 일을 이야기한다. 하지만 남편은 휴대폰만 보고 대답이 없다. '내 이야기는 전혀 중요하지 않나 보네.'라는 생각이 들며 서운해진다.

갈등을 부르는 대화법

"당신, 내 말 듣고 있어?"

"응, 듣고 있지."

"그럼 내가 방금 뭐라고 했는데?"

"글쎄… 좀 다시 말해줄래?"

"아, 정말! 나는 진짜 중요해서 이야기하고 있는데 당신은 내 얘기는 들을 생각도 안 하지. 휴대폰만 보잖아."

"나도 좀 쉴 수 있는 거잖아. 당신은 왜 맨날 내 반응에 이렇게 민감해?"

비폭력대화법

나는 잠시 멈추고 물어본다.

"당신, 지금 휴대폰 보느라 내 이야기 제대로 못 들었지?"

남편이 어색하게 웃으며 휴대폰을 내려놓는다.

"미안해. 중요한 메시지가 와서 그랬어."

나는 감정을 담아 말한다.

"나는 당신이 내 이야기에 조금 더 관심을 가져줬으면 좋겠어. 당신이 들어주면 정말 힘이 날 것 같거든."

남편이 진지한 표정으로 대답한다.

"알겠어. 근데 나도 회사 일 때문에 메시지를 확인해야 하는 때가 많아. 네가 이야기 시작하기 전에 내가 집중할 준비가 됐는지 말해주면 더 잘 들을 수 있을 것 같아."

결론

남편은 내 요청을 이해하며, 나 또한 남편의 상황을 배려하는 방식으로 대화를 이어간다. 서로의 입장을 존중하며 갈등 없이 마무리된다.

(3) 남편이 약속을 잊고 늦게 귀가했을 때

> 남편과 아이들과 함께 저녁을 먹기로 약속했지만, 남편은 퇴근 후 친구들과 술을 마시고 늦게 귀가한다.

갈등을 부르는 대화법

"오늘 저녁 약속 잊었어?"

"아, 미안해. 깜빡했어."

"미안하다고 끝이야? 당신은 우리랑 약속한 건 중요하게 생각도 안 하지? 나랑 애들은 당신 기다리다 배고파 죽겠어."

"그렇게까지 말할 일은 아니잖아. 나도 바쁘다 보니 그런 건데."

비폭력대화법

남편이 귀가한 뒤 나는 조용히 물어본다.

"오늘 우리가 함께 저녁 먹기로 한 거 기억 안 났어?"

남편이 당황한 표정으로 대답한다.

"아, 미안해. 내가 완전히 잊어버렸어."

나는 차분히 말한다.

"나는 당신이 가족과의 약속을 중요하게 생각해줬으면 좋겠어. 오늘 우리가 함께했더라면 정말 좋았을 것 같아. 다음부터는 약속을 잊지 않도록 캘린더에 적어두는 건 어때?"

남편이 잠시 멈추더니 말한다.

"정말 미안해. 근데 내가 요즘 일이 많아서 이런 실수가 잦아. 네가 미리 약속을 한번 더 알려주면 안될까?"

나는 미소를 지으며 답한다.

"좋아. 우리 둘 다 기억할 수 있게 노력하자."

결론

약속을 잊은 남편을 비난하지 않고 대화를 이어가며 실수를 줄이기 위한 실질적인 방법을 함께 찾는다.

(4) 남편이 갑작스러운 화를 냈을 때

저녁에 아이의 행동 문제로 남편과 대화를 나누던 중, 남편은 피곤한 기색을 보이며 짜증 섞인 목소리로 큰 소리를 낸다. "내가 아무리 말해도 달라질 게 없잖아!" 남편이 화를 내는 모습을 보고 나는 깜짝 놀라며 당황한다. '왜 갑자기 이렇게까지 화를 내는 거지? 내가 뭘 잘못했나?' 라는 생각이 든다.

갈등을 부르는 대화법

"왜 이렇게 화를 내는 거야? 내가 뭘 잘못했는데?"

"내가 화를 내는 이유를 네가 모르겠어?"

"내가 뭐라고 했다고 이렇게까지 화를 내? 당신은 항상 이런 식이지. 내가 뭔가 말하면 늘 짜증부터 내잖아."

"내가 이렇게 스트레스 받는 거 모르면서 자꾸 뭐라 하지 마."

비폭력대화법

나는 순간 당황하지만, 감정을 가라앉히고 차분히 물어본다.

"지금 당신 많이 힘들지? 무슨 일이 있었는지 이야기 해줄래?"

남편이 한숨을 쉬며 대답한다.

"요즘 회사에서 일이 너무 많아서 지쳐. 그런데 집에 와서도 아이 문제로 계속 얘기하니까 머리가 터질 것 같아."

나는 남편의 말을 공감하며 답한다.

"당신이 정말 힘들었겠네. 그런데 당신이 큰 소리로 말하면 나도 무섭고 서운해. 힘들 때 차분히 이야기해주면 내가 더 잘 도와줄 수 있을 것 같아."

남편은 고개를 끄덕이며 말한다.

"미안해. 내가 너무 지쳐서 참을 수가 없었어. 앞으로는 조심할게."

결론

남편이 화를 낸 이유를 이해하고, 감정을 서로 솔직히 표현하며 대화를 이어간다. 이 과정을 통해 서로를 더 잘 이해하고 갈등을 해결할 수 있다.

칭찬은 남편을 춤추게 한다

칭찬은 고래도 춤추게 한다는데,
남편에게 칭찬하는 것은 왜 이리 어려울까?

아니꼬운 남편에게 칭찬하기란 쉽지 않다.
하기 싫은 말을 억지로 하라니까
자존심이 허락지 않는다.

더 나아가, 남편을 칭찬하면 자기가 잘하는 줄 알고
더 발전하지 않을 것 같다는 이상한 불안감마저 있다.

하지만 남편은 칭찬을 먹고 산다.
여자가 사랑을 먹고 살아야 행복한 것처럼,
남자도 인정과 존경을 먹고 살아야 행복하다고 한다.

남편에게 인정과 존경을 표현할 수 있는
가장 쉬운 길은 바로 '아내의 칭찬'이다.

아내의 칭찬은 남편에게
'당신의 존재와 노력이 가치 있다' 라고
말하는 것처럼 들린다.

이는 남자에게 자신을
더 좋은 방향으로 변화시키는
좋은 동기가 된다.

내가 남편에게 칭찬하기로 마음을 먹자,
그동안 내가 남편에게 어떻게 대해왔는지
다시금 알 수 있었다.

나는 그동안 남편의 행동을
비난하거나 무시하는 말투를 자주 사용했던 것 같다.

만약 남편이 나와 똑같은 말투로
은연중에 나를 비꼬거나,
내 잘못을 돌려 말하며 핀잔을 주었다면,
나도 분명히 억울하고, 기분이 나빠
마음의 문을 닫았을 것 같다는 생각이 들었다.

나는 변해야 한다.
마음이 충분히 동하지 않고 반발심이 생기더라도
나쁜 습관은 하루빨리 버리는 것이 낫다.

억지로라도 일단 해보자는 마음으로
남편에게 하루 한 번씩이라도 작은 칭찬을 하기로 했다.

내가 가장 먼저 바꾼 것은
남편이 출퇴근할 때의 나의 태도였다.

남편이 출근하면 잘 다녀오라고 꼭 안아주고,
남편이 퇴근하고 집에 도착하면 고생했다고
엉덩이를 토닥여주었다.

내가 다른 일을 하더라도 남편 소리가 들리면
곧바로 멈추고 달려 나가 항상 반갑게 맞이했더니,
남편을 대하는 아이들의 태도도 바로 바뀌기 시작했다.

아빠가 와도 본체만체 하던 아이들이,
이제는 아빠가 오면 난리가 난다.

하루 일이 고되었을 텐데도,
우리를 보며 환한 미소를 짓는 남편을 보니
덩달아 나도 기분이 좋았다.

내가 두번째로 바꾼 것은
남편이 아이를 훈육할 때의 나의 태도였다.

남편이 아이들을 혼내면
그렇게 내 마음이 불편할 수가 없었다.

나는 혼내더라도 아이의 감정을 살펴주고 싶은데
남편이 아이를 호되게 혼낼 때면
혹시나 아이가 상처받진 않을까 걱정이 되어
이제 그만하라고 남편을 저지하곤 했다.

나는 이것이 남편을
존중하지 않는 태도라는 생각이 들었다.

나는 남편이 훈육할 때 내 간섭을 최소화하고
남편의 훈육 스타일을 인정하기로 했다.

남편을 존중하는 마음으로.
실제로 고집이 센 우리 둘째는
나보다 남편의 말을 잘 듣는다.

둘째가 고집을 멈추고 스스로 조절했을 때,
나는 남편이 훈육한 덕이라며 내가 받아주기만 했다면
절대 둘째의 고집이 꺾이지 않았을 거라고 말하며
남편의 행동을 높이 샀다.

내가 육아에 있어서
남편의 역할을 인정하고 칭찬했을 때,
남편은 스스로 좋은 아빠가 되기 위해 노력하며
육아에 열심히 동참하는 모습을 보여주었다.

내가 세번째로 바꾼 것은
작은 것에도 "고마워." 하고 꼭 말로 표현하는 것이다.

나는 남편이 정말 작은 부탁을 들어주었을 때도
고맙다고 말했다.

내가 지나갈 때 문을 잡아주거나,
내 짐을 대신 들어주거나,
무거운 물건을 옮겨주거나
내가 먹은 밥그릇을 치워주었을 때도
꼭 고맙다는 말을 빼먹지 않았다.

나의 이런 행동은 남편의 나에게 베풀었던
작은 배려를 깨닫게 했다.

남편이 나를 위해 얼마나 많은 일을 대신해주고 있는지,
나를 얼마나 배려하고 생각하고 있는지 알게 했다.

특히 나는 남편의 월급날에도
그리 큰 반응이 없었다는 것을 알았다.

지금은 남편이 월급날이 되어 생활비를 보내줄 때
항상 고생했다고 말하며 고맙다는 말을 덧붙인다.

예전에는 남편이 나에게
생활비를 보내주는 것을 당연하게 여겼고,
남편이 생활비를 보내주었다고 해서
그리 감사하게 느껴지지 않았다.

하지만 내가 남편에게 감사를 표현하며
그의 노력을 인정하는 순간
남편의 고생이 당연하게 느껴지지 않고
우리 가정을 위한 사랑과 헌신으로 느껴지기 시작했다.

그리고 그러한 남편의 노력에
진심으로 감사하게 되었다.

내가 네번째로 바꾼 것은
칭찬을 할 때 구체적으로 하는 것이다.

구체적으로 칭찬하는 방법은 의외로 간단하다.

남편의 행동에 대해 언급하고
내 기쁜 감정과 고마운 마음을 그대로 표현하면 된다.

먼저 잦은 감사 표현으로
남편을 칭찬하는 습관을 들이면,
구체적인 칭찬도 어렵지 않게 할 수 있게 된다.

"커피를 안 마시는 오빠가 나를 위해 커피를 사다 준 게 감동이야. 정말 고마워."

"오빠 덕분에 진짜 빨리 끝났다. 우리 남편 최고!"

"이야 내가 말할 때는 듣지도 않더니, 오빠가 말하니까 잘 듣네. 역시 오빠 훈육 스타일이 잘 맞나 봐."

"나는 진짜 오빠 없으면 어떻게 살았나 몰라! 나는 진짜 행복한 사람이야."

"오빠가 있어서 정말 든든해. 나는 정말 남편 잘 만난 것 같아."

"오빠 덕분에 내가 이런 것도 사고 진짜 고마워."

실제로 내가 남편에게 자주 쓰는 표현이다.

내가 마음을 담아 칭찬할 때,
물론 남편도 기분 좋겠지만
내 가슴에도 벅찬 무언가가 차오르는 것이 느껴진다.

나는 그것을 '행복'이라고 부르고 싶다.

남편에게 고마움을 나누고, 내 마음을 표현하며
서로 따뜻하게 바라볼 때 정말 행복감이 차오른다.

억지로, 해야 하니까 시작했던 칭찬이

남편의 행동뿐만 아니라

내 생각과 행동 또한 바꾼 것이다.

우리 뇌는 우리가 생각하는 것에 대한

근거를 찾으려고 하는 경향이 있다고 한다.

내가 남편에 대해 부정적으로 생각했을 때,

나는 끊임없이 남편의 부족한 점만 보였다.

반대로, 남편을 칭찬하려고하니

남편에게서 정말 새롭게 느껴지는 좋은 모습들이

발견되는 것을 느낄 수 있었다.

심리적 현상으로는 이것을 '확증편향'이라고 부르는데,

이 확증편향의 논리를 잘 사용하면

상대의 긍정적인 면에 집중하여

긍정적인 관계로 변화시킬 수도 있는 것이다.

실제로 나는 예전에 친구들만 만나면,

남편의 흉을 보며 불만을 쏟아냈었다.

하지만 지금은 같은 친구들을 만나도
남편 흉을 보지 않는다.

혹여나 내 단점이 될까 봐 말을 조심하려는 게 아니라,
이제 정말로 남편 흉을 볼 게 별로 없다.

진심으로 남편을
좋은 사람이라고 생각하기 때문이다.

물론, 지금 남편과
아예 싸우지 않는다는 것은 아니다.

하지만 이제 나는 전처럼
남편과의 갈등이 힘들지 않다.

예전에 나는 남편을 믿지 못했다.

남편이 이기적이라고 생각했고,
언제든 나를 떠날 수 있을 것 같은 사람이라고 생각했다.

하지만 이제는 안다.

남편이 좋은 사람이라는 것을.

나를 결코 어둠 속에

내버려 두지 않을 사람이라는 것을 안다.

내가 인생을 살아가며 이것을 또 잊어버릴지도 모른다.

또 남편을 미워하며 원망하고 있을지도 모른다.

그렇지만, 나의 삶에서 내가 남편을 칭찬하며

감사하고 존중하는 행동을 멈추지 않는다면,

나는 다시 남편의 좋은 점을 발견할 수 있을 것이다.

남편의 사랑과 배려를 다시금 느낄 수 있을 것이다.

남편을 칭찬하는 것은

그저 남편의 비위를 맞추는 행동이 아니다.

관계를 회복하고 사랑을 불러오는

마법 같은 일이다.

남편을 칭찬하자.

작은 칭찬이라도 괜찮다.

칭찬은 남편을 춤추게 하고,

나는 사랑에 겨워 행복을 노래할 것이다.

〈관계를 바꾸는 팁 8〉

① 나만 노력하고 있다는 생각을 내려놓기

② 사이 좋은 부부의 모습을 상상해보기

③ 남편이 출퇴근할 때 반갑게 맞이하기

④ 남편의 역할을 인정해주고, 참견하지 않기

⑤ 작은 일에도 '고마워'라고 꼭 표현하기

⑥ 구체적인 행동을 언급하며 칭찬하기

에필로그 : 길고 어두운 터널, 그 끝에 만난 행복

누군가가 나에게 결혼해서 행복하냐고 묻는다면
나는 결코 그렇다고 대답할 수 없었다.

남편과의 끝없는 말싸움,
언제 받을지 모르는 상처에
늘 예의주시하며 지냈다.

나는 끝이 보이지 않는
어두운 터널 속을 걷는 것 같은 기분이 들었다.

터널이 너무 길어
언제 빛을 만날 수 있을지조차
확신이 서지 않았다.

하지만 나는 멈출 수 없었다.
어둠 속에서도, 그 끝에 무엇인가 있을 거라는
희망 하나만 붙들고 미친듯이 걸었다.

나는 지치고 외로웠다.

끝없이 달리고는 있지만,
이 길이 맞는지 확신이 서지 않았다.

나는 불안했고,
내 노력을 보상받고 싶다는 마음이 들었다.

나는 나를 이 터널에 몰아넣은 남편을 원망했다.

당신은 지금 행복해?
왜 나처럼 노력하지 않아?

이제는 너무 지쳤다.
한걸음도 나아가고 싶지가 않다.
모든 것을 다 포기하고 주저앉은 순간,
나는 내 옆에 누군가가 있다는 것을 깨달았다.

남편이었다.

남편은 그저 묵묵히,
내 옆에서 나를 바라보며
나와 함께 걸어가고 있었던 것이다.

하지만 내가 지쳐
주저앉아버리고 말았을 때,
나를 어떻게 일으켜 세워줘야 하는지
그는 알지 못했다.

남편은 그저 조용히,
내가 일어설 때까지 묵묵하게
옆에서 기다려주는 것밖에
할 수가 없었다.

남편은 내 옆에 있었다.
내가 힘들다 말하지 않아
침묵을 지키고 있었던 것뿐.

내가 일으켜달라고 말하지 않아,
자신이 나서야 하는 상황인지 알지 못해
숨죽여 지켜보고 있었을 뿐이었다.

캄캄한 터널은 내 시야를 가리고
내 남편이 내 옆에 있다는 사실을
깨닫지 못하게 했다.

남편은 내 옆에 있었다.

내가 언제든지 말하면
금방 손을 뻗어
나를 잡아줄 수 있을 정도로
내 바로 옆에 서 있었다.

우리는 같은 터널을,
함께 걸어오고 있었던 것이다.

나는 남편에게 말했다.

나 힘들어.
나 외로워.
나를 안아줘.

남편은 나를 곧바로 안아주었다.
내 등을 다정하게 토닥여주었다.

남편은 나를 외면하지 않았다.
나를 두고 먼저 가버리지도 않았다.

남편은 다정한 사람이었고
따뜻한 사람이었다.

내가 내 마음을 말하지 않고,
내 뜻을 말하지 않아 미처 몰랐을 뿐,

언제든 나를 품어줄 수 있는
강하고 든든한 사람이었다.

나는 남편의 손을 잡았다.
그리고 함께 걷자고 말했다.

우리 둘이 손을 맞잡자,
이 어두운 터널에
따스한 온기가 퍼져갔다.

이제는 이 터널이 외롭지 않다.
이 터널이 힘들지 않다.

드디어 저기,
터널의 끝이 희미하게 보인다.

새로운 행복의 빛이다.

하지만, 이 터널을 나간다고 해도
크게 달라질 것 같지 않다는
기분이 드는 건 왜일까?

내가 찾은 새로운 행복은,
이미 내 손 안에 있었기 때문이다.

나와 함께 손을 맞잡은,
나와 같은 길을 걸어가고 있는 사람.

내가 이 어둡고 긴 터널에서
비로소 찾아낸 내 행복,
내 사랑이었다.

홀로 어둡고 긴 터널을
지나는 것 같은가?

빛이 없는 시절을 보내느라
내 옆에 누군가가 있다는 사실을
잊고 있는 것은 아닌가?

옆을 둘러보라.
마음을 열고 손을 뻗어보라.

누군가 당신의 옆에서
당신이 손을 뻗어주기를,

당신이 이름을 불러주기를,

간절히 기다리고 있을지도 모른다.

-마침-

남편의 말

솔직하게 말씀드리면,
처음 아내가 우리의 갈등 상황이 담긴 이야기를 세상에 내
보인다고 했을 때 그리 달갑지 않았습니다.

지극히 아내의 관점에서 쓰인 우리 부부의 개인적인 이야
기들이 누군가에게 읽히고 입방아에 오르내리게 될 거라는
생각이 제일 먼저 들었습니다.

그러나, 저는 아내의 글을 통해 아내가 자신을 수없이 돌아
보며 더 나은 관계를 위해 시도했던 노력, 그리고 아내의 관
점과 감정을 더 확실하게 바라볼 수 있었습니다.

이를 통해 저 역시 아내를 더 이해하게 되었고, 우리의 치부
가 드러날지라도 이 책은 세상에 나올만한 가치가 있다는
생각이 들었습니다.

이 글을 찾아주시고 읽어주시는 분 중에는 저희와 비슷한 상황 또는 감정 속에 하나의 실마리라도 찾고 싶으신 분도 계실 거라고 생각합니다.

저희 부부의 이야기를 보시면서, 자신의 상황과 비교하시고 공감하시며 위로받으시길 바랍니다.
그리고 여러분의 삶에, 그리고 사랑하는 이와의 관계 개선에 작은 실마리를 얻으시기를 바랍니다.

마지막으로, 이 글을 쓰기 위해 많은 공부와 노력을 했던 제 아내 구송이에게 수고했고 고맙다는 말을 전하며, 항상 사랑하고 앞으로도 영원히 사랑하겠노라는 약속을 끝으로 말을 마칩니다.

남편은 도대체 왜 그럴까?

초판 1쇄 인쇄 2025년 2월 17일

초반 1쇄 발행 2025년 3월 4일

지은이 구송이

도움 이명종, 신영성

표지일러스트 파과

펴낸곳 아리담

등록 2025년 1월 22일 제 25100-2025-000003호

주소 전북특별자치도 전주시 완산구 세내로 544, B01호 B01-25

전화 010-6675-1703

이메일 song_yee0523@daum.net

ISBN 979-11-991443-1-6

©구송이, 2025

· 책값은 뒤표지에 있습니다.

· 잘못된 책은 구입하신 곳에서 바꿔드립니다.